中公文庫

おいしい給食

紙吹みつ葉

中央公論新社

目次

おいしい給食

無脂乳固形分8.5%以上・乳脂肪4.2%以上・生乳100%・65°C30分間殺菌
TOKO BUSHI
とこぶし
牛乳
常節
MILK
株式会社 常節乳業

メニュー一

海の王者　鯨の竜田揚げ

一九八四年――夏。

白い雲が流れる晴れた空。その下には青々と茂った田んぼが広がっている。その合間に、点々と建っている日本家屋。のどかな田園風景の向こうには、高速道路も延びていた。

そんな常節市の中央には、幅一〇メートル程度の二級河川・常節川が流れている。その河川敷に、夏服の中学生たちの姿が多くあった。

徒歩通学の生徒たちが多い中、ヘルメットを被った自転車通学の生徒が追い抜いていく。彼らは「常節中学校」と銘板のついた校門の中へ吸い込まれていった。

その校門前には、一人の男が立っている。

刈り込まれた短髪に、見た目より機能性を重視した大きな丸い黒縁メガネ、清潔感のある白のワイシャツに臙脂色のネクタイを締めている。

年齢は三〇代前半くらい。整った顔立ちで、優しい笑顔を向けられれば目を奪われるような、いわゆるハンサムな男であった。

だが、校門を通ろうとやってくる生徒たちを観察する視線は厳しく、険しい顔つきだ。精悍さが増してハンサムには変わりないが――近づきがたい雰囲気のほうが強い。

また一人、また一人と男の横を通って生徒が登校してくる。

「甘利田先生、おはようございます」

「おはよう」

生徒からの挨拶に、短く無愛想に返す男――甘利田幸男。常節中学校一年一組の担任を務める、数学の教師であった。

生徒が登校してくる様子を鋭い目つきで見守りながら、甘利田は思う。

(私は給食が好きだ。給食のために学校に来ていると言っても過言ではない)

現在の状況とは全く関係のない内容だった。だが甘利田にとっては、朝、授業の前に給食に思いを馳せることが、重要なのである。

(なぜなら、母の作るご飯がまずいからだ。決して手抜きをしているとかではない。料理はセンスなのだ。うちの家族は頑張っている母を傷つけないように、おいしいおいしいと食べる。たまに出前になったとき、父は涙を流して喜んでいる)

ものすごく正直ではあるものの、その正直さが相手を傷つけるとしっかり自覚し、密かに気を遣うこともできる男――それが甘利田という男だった。

(だから、給食は……私にとって一日で、最も充実した食事だ)

改めてしみじみ考えていると、一人の生徒が通り過ぎた。

「シャツをしまえ」

夏服の裾を出しっぱなしの生徒に、鋭く声をかける。生徒は慌ててシャツをズボンに入れると、そそくさと校門の中へ消えていく。

（——だが、そんなことは決して周りに知られてはならない。教師が生徒以上に給食を楽しみにしているなどと知れたら、私の威厳は失墜する。なのでただ心の奥底で、給食を愛するだけだ……）

生徒に注意したことで、改めて自分のスタンスを再認識する。その間も、生徒は校門の向こうに吸い込まれていくのだが——

「おはようございます」

ひとりの男子生徒が、甘利田に向けて明るく挨拶してきた。

切り揃えられた短い黒髪。小柄な体軀と幼さの残る穏やかな顔つきで、一年生だとわかる。その顔に、一体何が楽しいのかと言いたくなるほど、満面の笑みを浮かべていた。

「……神野」

笑顔の男子生徒——神野ゴウに、甘利田はすかさず切り込んだ。

「何がおかしい」

「はい？」

「朝から何を笑っているのか、と聞いている」

「笑っていてはダメですか」

「ダメだ。異様だからだ。無意味にニヤニヤ登校する奴は異様だ」

「誰かに迷惑かけてますか」

「口答えか」

甘利田の厳しい言葉にも、神野は笑顔を絶やすこともなければ、声が暗くなることもない。だがさらに言い募られて、ようやく神野は「……いえ」と言葉を収めた。べつに教師に対して喧嘩を売りたかったわけではないのだ。

だからこそ、甘利田は教師としての言葉を続けた。

「お前はたまに表情が緩い。将来人混みの中でニヤついて不審者扱いされないよう、今から気をつけておけ」

厳しい口調での注意にもかかわらず、神野は笑顔のまま一礼すると、他の生徒たちと共に校門の奥へ歩み去っていった。

そんな神野の背中を見送りながら、甘利田は思う。

（……私は、この生徒が苦手だ）

そんな苦手意識を持たれている生徒・神野ゴウは、笑顔のまま廊下で楽しそうにお喋りしたりふざけあったりしている生徒たちの間を進み、「一年一組」のプレートのかかった教室に入って行く。

席に着いているクラスメイトたちの姿がポツポツある中、自分の席へまっすぐ向かうと、授業の準備に入る。筆記用具を机の上に置き、教科書やノートはすぐに使うモノは机の上に、それ以外は机の中にしまい込む。

「……」

真面目な顔で授業の準備を終えた神野は、ふと黒板の横にある掲示物に目を向けた。一週間の授業科目をまとめた「時間割表」と、その横には「献立表」がある。

神野の視線は、「献立表」の今日の日付にあるメニュー――「鯨の竜田揚げ」に引き寄せられていた。その文字に、再び神野の頬が緩む。

――彼もまた、甘利田と同じ「給食を愛する者」であった。

一方、始業前の職員室。甘利田も、自分の席で授業の準備をしていた。

数学の教科書やチョーク、出席簿をまとめて――最後に、机の上にある今月の献立表が入ったA４サイズのハードカードケースを手に取り、丹念に磨きながらじっと見つめる。

(確認の確認……間違いなく今日は鯨。海の王者、鯨の日だ)

再確認の結果、甘利田はさらにテンションが上がっていくのを感じた。給食のために学校に来ていると内心で豪語するだけのことはある。

やる気に満ちた甘利田を後押しするようにチャイムが鳴った。同時に献立表を机の引き出しにしまって立ち上がる。必要なものを持って廊下に出ようとしたとき、一人の女子生徒が職員室入り口に立っていることに気づいた。

メガネに二本の三つ編み、やや痩せ気味な体型の女子生徒——甘利田が担当する、一年一組の君山南だった。

ところ変わって、一年一組の教室。出席を取り終わり、本来なら一時間目の授業が始まるまではそれなりに騒がしくなるはずの教室が、妙に静かだ。

「この中に犯人がいると決めつけてはいない。他のクラスかもしれない。あるいは君山がどこかに落としたかもしれない」

教壇に立つ甘利田の鋭い視線が、教室にいる生徒たち全員を見渡していた。そんな視線に晒された生徒たちは、居心地が悪そうに押し黙り、周りの様子をうかがっている。

「——だが、君山の給食費がなくなったのは事実だ」

甘利田の言葉に、当の本人である君山は顔を伏せて、身体を小さくしている。そんな君山に、クラスメイトたちはチラチラと視線を向けていた。

「可能性を潰していきたい。まずは同じクラスの意思表明を確認する。全員机に顔を伏せて目を閉じろ」

甘利田の指示に、戸惑いの色を隠せない生徒たち。周りがどうするかキョロキョロうかがう者もいれば、すぐに甘利田の言葉に従い机に顔を伏せる者もいた。

「いいか。言うなら今だぞ。誰も名乗り出なかったらこれ以降、私はお前らを疑わない。後から犯人がわかり、もしこの中の誰かだったら、私はそいつを許さない。なぜなら、私を裏切ったからだ。裏切る奴は将来も必ず裏切る。そういう人間を――私は許さない」

甘利田の厳しさの塊とも思える言葉と声。故に本気で生徒たちにぶつかっているようにも感じられる。だが生徒たちはどう返していいかわからず、静かなままだった。

君山は妙に気まずそうに表情を曇らせ、さらに身を縮こまらせる。

それでもまだ、クラス全員が顔を伏せているわけではなかった。

「時間がない。顔を伏せて目を閉じろ」

もう一度甘利田が指示すると、君山の隣に座る一人の女子生徒が手を挙げた。

「先生」

長い髪を後ろで束ねた、凛とした声の女子生徒――学級委員の桐谷みすずが、利発そうで真面目な顔つきの中に不満の色を浮かべている。

「なんだ。桐谷が犯人か？」

「違います！　こんなことバカげてると思います」

慌てて否定しながら立ち上がると、桐谷は当然の権利のように自分の意見を主張した。

「なぜだ」

「こんな風に生徒を試すみたいなのは、良くないと思います」

不満を主張する桐谷の声に迷いはなく、それでいて神経質そうに響いた。

「お前が君山だったらどうだ？」

甘利田は、そんな桐谷の言動に対し少しの動揺もしていなかった。

「お前はなぜ勉強している？　両親はなぜ働いている？」

「えっと……それは……」

「食うためだ」

むしろ甘利田から急に問いを向けられ、桐谷のほうが動揺していた。そして甘利田の有無を言わさぬ断言に、桐谷は何も返せなくなる。

「食わないと人は死ぬ。給食とは食事だ。食えなくなったらどうする？」

「そんなの、ちょっと大げさっていうか」

さらなる問いに、弱々しく返す桐谷。するとその後ろから、男子生徒たちの笑い声が聞こえた。明らかにバカにするような声に、桐谷はむっとして振り返った。

「……何よ」

複数あった笑い声のうち、桐谷の真後ろにいた男子生徒がさらに「ハンッ」と鼻で笑った。短い髪を少し撫でつけた、目つきの鋭い男子——児島哲雄という、少しやんちゃな男子生徒だった。

「どうせ誰もいねぇよ。先生、とっととやろうよ」

「じゃあ、全員位置につけ」

再び甘利田が指示を出すと、諦めて桐谷は席についた。それに合わせるように、まだ机に顔を伏せていなかった生徒も次々と顔を伏せた。

全員が顔を伏せているのを確認すると、甘利田は続ける。

「一度だけ聞く。君山の給食費を盗った奴はいるか？」

教室は完全に静まり返った。少しでも動きはないか、甘利田はゆっくり見渡す。

「そうか。じゃあ——」

最後まで言い切ろうとしたところで——視界の端に映ったものに反応して、甘利田の肩がびくりと跳ねた。

手が、挙がっていたのだ。

甘利田は、挙がった手の主をじっと見つめた。

「コーヒーは、自分で淹れるんですよ」

そう口にしたのは、柔和で人好きのする物腰の男性——常節中学校の校長・渡田寛治だ。一八〇越えの長身で背筋の伸びた姿は、まだまだ元気な五〇代後半ほどに見える。

渡田は校長室の一角で、注ぎ口の細い銅製ケトルを使ってペーパーフィルターにお湯を注いでいた。お湯を含んだレギュラーコーヒーの香ばしい匂いが室内に漂う。

「趣味でね。インスタントだと出ない味わいがあるんですな」

「……はい」

渡田から少し離れた二人掛けのソファの前には、二〇代半ばか後半の女性が立っていた。黒い短めのボブヘアーに、目鼻立ちの整った清楚な女性——ではあるのだが、顔に張り付いた笑顔はどこか自信がなさそうで、見開いたような目からは緊張が伝わってくる。

女性——御園ひとみは、どこか自慢げに話す渡田に、弱々しく相槌を打っていた。

「御園先生は、いつから教師をやってるんですか？」

「あ、以前は普通に教職に就いてましたが、ちょっとした事情がありまして……今は産休補助の方を……短い期間で働きたいと、思いまして」

「そうですか。本当はきちんと磯田先生から産休前に引き継ぎたかったんですけどね。バタバタしているうちにそのまま産休に入っちゃったんで、御園先生には違うクラスを受け持ってもらいますから」

「わかりました」

一度会話が途切れると、渡田は淹れ終わったコーヒーを注いだカップをソーサーに載せて、低い応接テーブルに置いた。

「ささ、どうぞ。おいしいコーヒーですよ」

そう声をかけ、渡田は御園の向かいのソファに座った。

「ありがとうございます」

御園もぎこちない笑顔で会釈し、二人掛けソファに腰掛ける。

その時、コンコン、とノックの音が響いた。渡田が「どうぞ」と返事をすると、力強く引き戸が開け放たれた。校長室の中に入ってきたのは——甘利田だった。

「お呼びですか」

引き戸を閉め、ずかずか近づいてくると——なぜか、御園が座るほうへ歩み寄ってきた。

御園の上に座りかねない勢いに、思わず身体をずらして場所を空ける。まるで最初から空いていたかのように、御園が直前まで座っていた場所に腰を下ろす甘利田。

「甘利田先生、産休補助で入っていただく御園先生」

一連の出来事が渡田には見えていなかったのか、何事もなかったように話が進む。

観察するように御園に視線を向けると、甘利田は「……どうも」とぶっきらぼうに挨拶した。今御園のいた場所を奪いとったことなど少しも気にしていない。

「初めまして、御園です」

御園も普通に挨拶しようと会釈するも、声が上ずっていた。

「甘利田先生についていただこうと思って」

「そうですか」

「！」

淡々(たんたん)と答えながら、甘利田は目の前にあったコーヒーカップに手を伸ばし、そのままひと口。元々は御園のために淹れられたものであるが、甘利田にとっては違ったらしい。

「教科は磯田先生と同じ現国なんで、あとで時間割アレしてください」

「わかりました」

甘利田の返事を確認すると、渡田は「コーヒー淹れますね」と声をかけて立ち上がった。一応気にしてくれていたらしい。御園が「すみません」と返す間、甘利田は目の前のシュガーポットの砂糖(さとう)をどかどかとコーヒーにぶち込んでいた。ブラックは苦手らしい。

御園が顔だけで「ええ……」と引いていると、サーバーからカップにコーヒーを注ぎながら、渡田は続けた。

「うちのモットーは、健康な身体には健全な精神が宿(やど)るというやつです。では健康な身体に必要なものは何か……」

少しもったいぶるように言いながらも、御園の反応を待たずに答えを言った。

「食事です。だからウチは、給食の時間はある種の授業だと考えています」

御園が不思議そうに繰り返す間、甘利田は目の前の茶菓子をもりもり食べ始めていた。

「……授業」

「御園先生の趣味は何です？」

「……は？」

甘いコーヒーとお菓子に夢中に見えた甘利田の突然の問い。その上、茶菓子を咀嚼中で聞き取りづらく、御園の口から間の抜けた声が出ても仕方がない。

「趣味。ないんですか」

「あえて言えば……料理……でしょうか」

戸惑う様子もお構いなしの甘利田に押されるままに、御園はそう口にした。

「おお、そりゃいい。我が校の食の精神にも通じてますね」

渡田が嬉しそうに大きく頷きながらコーヒーを運んでくる。

しつこく聞いてきた甘利田も、その後は黙って御園を見つめていた。表情に変化がなく、何を考えているかわからない。しかも御園を見つめつつ、また茶菓子を食べ始める。

御園にできることは、甘利田の視線から逃れるように目をそらし、受け取ったコーヒーを飲んで気まずさを紛らわせることだけだった。

その後、御園がどうやってあの気まずさから脱したのかはともかく——甘利田と御園は一年一組の教室までやってきた。

御園は、黒板の「御園ひとみ」の文字の横に立っている。その姿に、生徒たちはみんな、好奇心剝き出しで注目していた。遠慮のない視線を一身に浴びる御園は、緊張感から落ち着かない様子でおどおどしている。

「えっと……今日から皆さんと一緒に勉強することになりました、御園ひとみと申します。短い間ですが仲良く勉強しましょう。よろしくお願いします」

生徒たちは「よろしくお願いします」と声を揃えて返した。その間、御園は言うべきことを言い切り、少しだけほっとしたように頰を緩める。

「御園先生は磯田先生の代わりに現国の授業を担当される」

甘利田が補足を入れると、生徒から「どうして短い間なんですか？」と声が上がった。

「あっ……と」

「産休補助教員だからだ」

「あ、はい」

「他に質問は？」

動揺する御園に代わって甘利田が質問をさばく。次に別の男子生徒が手を挙げ「独身ですか？」というふざけた口調の質問に、教室がどっと沸いた。

オロオロしながら「えっ！　と……」と口ごもり甘利田を見る御園。助けを求めているつもりであったが、甘利田はただじーっと御園を見るだけで何も言わない。

「……あ、はい。そうです」

その視線に負けておずおずと答える。するとすかさずまた別の男子が「恋人はいますか？」と挙手と同時に声を上げた。さっきよりも、主に男子の笑い声が大きくなる。

さすがに気の毒に思ったのか、「やめなよ男子」と女子が庇う声も上がった。

再び御園は助けを求めるように甘利田に視線を向けるが、先程と同じでじっと御園を見つめ返すだけだった。これも答えないといけないのか……という心情が見て取れる御園に対し、甘利田は生徒たちに向き直った。

「じゃあ、授業を始める」

淡々と切り替えていく甘利田。御園は露骨にほっとしていた。

そのまま授業が始まりそうな流れになる中、学級委員の桐谷が声を上げた。

「先生、さっきの結果を教えてください。いたんですか？　君山さんの給食費盗んだ人」

桐谷が発言する横で、君山は俯いていた。さらに桐谷の後ろの席の児島が「いるわけねーだろ」と吐き捨てる。

その様子を、この話が初耳である御園は怪訝そうに眺めていた。

「聞く権利あると思います」

「だからいねぇって。いても言うわけねぇだろ」

児島の言葉に耳を貸すことなく、桐谷は甘利田からの返答を待つ。

「誰もいなかった」

きっぱり言い切る甘利田の言葉に、さっきまでざわついていた教室がしんと静まり返る。

そんな空気のまま再び「授業を始める」という甘利田の言葉で、話は終わった。


その時間の授業が終わり、甘利田と御園は職員室に戻った。デスクが隣同士になった二人は、時間割に関する打ち合わせ中だ。時間割表を見つめていた甘利田が、口を開く。

「……水曜の五限の現国と火曜の二限の数学を取り替えましょう」

「……あの、学期の途中で時間割を変えてもいいんですか？」

「コマ数変わらなきゃ問題ないです。給食後に産休補助のやる現国だと、中一は寝ますから」

なんとも容赦のない言い草の甘利田。御園は何か考えるように押し黙った。

「……何か？」

「あの、さっきの……給食費が盗まれたって」

御園の問いに答えようとしたとき、甘利田は職員室入り口に君山の姿があることに気づいた。御園も甘利田の視線につられて顔を向けると、君山はペコリと頭を下げる。

「なんだ？」

「失礼します」

怯えと緊張を帯びた様子で、君山は甘利田たちのところまで歩み寄ってきた。

「あの、先生……私、今日の給食……休みます」

「なぜだ」

「給食費、払ってないから」

「納めていないのは来月分だ。今月は問題ない」

「でもあの、体調も悪くて。保健室で休んでていいですか」

「勝手にしろ」

「失礼します」

きつくも思える甘利田の言葉を聞き、会釈して去っていく君山。おどおどしてはいても、なぜか妙にほっとしているようにも見えた。

話は終わったと机に向かう甘利田。御園は君山を見送ると、甘利田に声をかけた。

「あの……いいんですか？」

「何がです？」

「だって……昼抜きになってしまいます」

「本人が望んだことです」

「望んだ……わけじゃないと思いますけど」

「では、給食の時間になったら、保健室に君山の分を届けてやってください」

「……わかりました」

腑に落ちないと言いたげに表情を曇らせながらも、御園はそう返事をしていた。


休み時間の一年一組。教室は解放感に溢れ騒がしい。その中で、児島哲雄の席にリーゼントっぽい髪型をした藤田和夫、丸顔でのんびりしてそうな高橋道也が集まっていた。

「給食なんてマズイじゃん。あんなものに金払うのバカらしいだろ」

児島がうんざりしたように言うと、隣の机の上に座っていた藤田も、児島を挟んで反対側でルービックキューブをいじっていた高橋も、うんうんと頷く。

「どんな献立でも牛乳ってやめてほしい」

「牛乳は身体にいいからでしょ、あれ」

不満を漏らす藤田に、動かしていた手を止めて思い出したように告げる高橋。

「米のメシに牛乳はないない」

児島の言葉に「ないない」とさらに被せていく藤田は、何の気なしに「今日なんだろメニュー」と呟く。

「鯨の竜田揚げ！」

児島たちの席から数メートル離れた窓際の席から声がかかった。思わず三人の視線が引き寄せられた先には、鉛筆を持った笑顔の男子生徒・神野ゴウの姿があった。

何とも言えない気持ちが、高橋の「ああ、そう」という力ない言葉に滲み出ていた。気を取り直して、児島が続ける。

「あれもマズイよな、なんか硬いし」

「え、俺案外好きかも」

藤田からの意外なリアクションに、児島はちょっと嫌そうに顔を顰める。

「マジで？　信じらんない」

「八宝菜とか野菜まみれのよりはマシだよ」

さらに乗っかる高橋。それでも児島は自分の意思を変えるつもりはないらしい。

「でも、なんかエサっぽくない？　せめて何かソースとかかかってないとさ」

その言葉に、笑顔のまま児島たちを見ていた神野がピクリと反応した。

「……ソース」

その言葉を繰り返すと、児島たちの会話が再びピタリと止まった。視線はまた、数メートル離れた神野に釘付けだ。

「……そう、ソースとかさ」

視線が合ったままもう一度児島が言うと、神野は繰り返し「ソース……」と呟きながら前を向いて何事かを考え始める。

「……あいつ、気持ち悪いよな」

背を向けた神野に、児島たちはヒソヒソそんなことを話していたが、当然神野はそれに気づくことはなかった。


体調不良や怪我の際にお世話になる場所——保健室。

御園は、甘利田に言われた通り給食を持って行く前に、君山の様子を見にやってきた。

ゆっくり保健室の引き戸を開けると、すぐ目の前にベッドがあるのだが——ベッドの上には、給食費を収めるための小さな茶封筒を手にした君山の姿があった。

御園の姿を目にした瞬間、君山は給食袋を立てていた膝と胸の間に隠した。

「それって……」

扉を閉めつつ、先程の話を思い出しながら声をかけた御園に、君山は小さく「チッ」と舌打ちした。予想外の反応に「え、舌打ち？」と思わず困ったように口にすると観念したのか、君山は再び給食袋を取り出した。

「……言わないでおいてもらえますか」

「盗まれてなかったの？」

「あ……聞いてませんでしたか？」

「は？」

御園の反応を意外に思ったのか、君山は「……いえ」と口ごもると、余計なことを言うまいと思ったのか黙ってしまった。引き下がるわけにもいかない御園は続ける。

「どうして、そんなこと……給食が嫌（きら）い、とか？」

ベッドの横へ御園が近づくと、少し鬱陶（うっとう）しそうに目を細め、君山は答えた。

「べつに嫌いじゃないです」

「じゃあ、何で？」

「給食は好きだけど、給食の時間が嫌いです」

君山の言葉に要領を得ない御園だったが、真剣（しんけん）に言っていることだけは理解できた。

「どういうこと？」

「私、食べるの遅（おそ）いんです。極端（きょくたん）に」

「ゆっくり食べればいいんじゃ」

御園が言い切る前に、視線が鋭くなった君山は「——先生」と語気を強めて遮（さえぎ）った。

「給食時間の短さ、舐（な）めてませんか？」

言葉を挟むタイミングを逃し、御園はただ黙って聞くしかできない。君山は強い語気のまま続けた。

「たった一五分ですよ。チャイムが鳴ってすぐ昼掃除が始まって周りがガヤガヤしてても食べ終わらないプレッシャーとか、わかりませんよね？」

「でも……食べ終わらないのは……仕方ないんじゃ……」

静かながらも力のこもった君山の言葉に、それでも何とか返していく御園。君山は諦めたように視線をそらしさらに続ける。

「……給食が遅い子って、イジメられるんですよ」

「まさか……そんな……」

「小学校六年間、イジメられました。理由は食べるのが遅いからです」

動揺が隠せない御園に構わず、君山は胸に抱えていたことを吐露し続けた。

「中学行ったら変わろうと思って一学期頑張りました。でももう限界なんです」

最後まで話を聞いても、御園にはかける言葉が見つからなかった。

「黙っててくださいね」

これで話は終わりと打ち切るように、君山は布団に潜り込んでしまった。

一方その頃、一年一組は英語の授業中だった。教壇に置かれたカセットデッキの横で、英語担当教師は教科書の英単語を口にする。それを生徒たちが復唱する中で、神野だけは黙々とノートに鉛筆を走らせていた。真剣に授業内容をメモしている――わけではない。ノートには、器に盛られた鯨の竜田揚げの絵が描かれていた。そこに今まさに、ソースのようなものを描き加えているところだ。

だが絵の上に「ソース」の文字はあるが、何のソースかまでは書かれていない。真剣な表情でソースを描き加えていた神野だったが――ふと、何か閃いたように顔を上げ、頬を緩める。

そして絵の上に――タルタルソースの文字が躍った。

英語の授業が終わると、神野はノートを抱えて一目散に配膳室へ向かった。神野に応じてくれたのは、「給食のおばさん」の一人、牧野文枝だった。

「タルタルソース？」

鯨の竜田揚げの絵を見せる神野に、牧野は困った顔をしていた。

「鯨に合うと思うんです」

「ダメダメ！　献立勝手に変えたら、おばさん怒られちゃうよ」

聞き分けのない子どもを窘めるように、苦笑しながら手を振る牧野。だが神野は引き下がらない。

「でも、合うと思いませんか？」

「献立は、給食センターの偉い栄養士さんが、あんたたちの健康を考えてきちんとできてるの」

　そこまで言うと、牧野は一瞬言いにくそうにしながらも続ける。

「そりゃ中には、口に合わないものもあるけどさ。健康第一だから」

「おいしいものを、よりおいしくする工夫を、現場がしてもいいと思います」

　牧野の説明は神野には響かなかったらしい。真面目な表情のまま引く様子がなかった。

「あんたが給食を楽しみにしてくれると、おばさん嬉しいけどね。でも、ルールは破っちゃダメ。わかった？」

　優しい声で諭すと、神野が返事をする前に、牧野は他の給食のおばさんに呼ばれ立ち去っていく。

　きっぱり断られ、その場を去ろうとした神野は、何気なく配膳室を見渡した。

　配膳用のエレベーター前に、給食を積み込むためのワゴンがあり、おかずの入った容器や、汁物が入った寸胴鍋、食器類が積まれていた。その向かいの棚の上の段ボール箱には「イチゴジャム」「マーガリン」など、黒の油性ペンで書かれていた。

　神野の目が、その箱の中の一つに留まった。

四時間目の授業も終わり、給食の時間になった。

給食係は白衣姿で配膳室へ給食を取りに行き、それ以外の生徒たちは机と椅子を動かして給食のときの班ごとに配置する。

神野は、とっくに机の移動を終わらせて席についている。給食が教室に到着するまで、目を閉じ、何事かを考え——瞑想し続けていた。

配膳が始まると、さらに教室内は騒がしくなった。給食当番に色々注文をつけている生徒たちの様子を、同じく配膳の列に並ぶ甘利田はじっと見つめている。

すると、廊下から御園が顔を出し、「先生」と甘利田を呼んだ。

振り返ると、「甘利田先生」ともう一度呼びながら、手招きしている。仕方ないとばかりに配膳の列から抜けると、御園と共に廊下に出る。

「どうしました？」

「あの、君山さんのところに給食、持っていきます」

「はい。お願いします」

「それであの……君山さんの給食費なんですが」

言いにくそうにする御園に対し、「はい」と淡々と返事をする甘利田。

「盗まれたっていうのは……」

「盗まれてないですよ」

「え、知ってたんですか」

　予想外の返答に、目を丸くする御園。甘利田は相変わらず平然としたままだ。

「手、挙げましたから」

「は？」

　今朝、甘利田は一年一組全員に顔を伏せさせ、「君山の給食費を取った奴は手を挙げろ」

と聞いていた。御園が来る前のことなので、彼女は今朝あったことを知る由もない。

　甘利田がそのときに見た、挙がった手の主は――君山だった。

「……それは、どういう」

「自作自演だと教師は知っておけということでしょう」

「何のためにですか？」

「大ごとにするな、ってメッセージだと理解しましたが」

「それ、本人とは」

「話してません。だから誰も見ていないところで手を挙げて、名乗り出たのでしょう」

「でも君山さん、自分で盗まれたって言ったんですよね」

「なくなったと言っただけです」

淡々と話していた甘利田だったが、ふと「理解できない」とでも言いたげに続けた。

「大方、給食が嫌なんでしょう」

「でしたら、先生が話を聞いてあげたほうが」

「聞いてどうにかなるようなら、こんな手の込んだマネしませんよ」

「でも、教師だったら」

食い下がる御園に、甘利田は一歩近づいた。険しい表情は、有無を言わせぬ圧力がある。

「教師は生徒の悩みをほじくり返して白日の下に晒すべきだと？」

「そうは、言いませんが……」

距離の近さと強い圧力に押される御園ではあったが——発言を撤回するつもりはないらしい。甘利田は、少しだけ圧力を弱めた声で続けた。

「……なら、先生が聞いてやってください。ゆっくり、食べながらでも」

妙に意味深にそう言い残すと、御園を置いて教室に戻っていった。

時間は進み——すでに給食の配膳が済んだ生徒たちは自分の席について、校内放送で流れている校歌を斉唱していた。一年一組だけでなく、どの教室からも歌声が響いてくる。
校歌が終わると、教卓の前に立つ本日の一年一組の日直の二人が声を上げる。

「手を合わせてください」

言葉と同時に、手を合わせる生徒たちと——教師用の席に座る、甘利田。

「いただきます」

日直の後に続き、一斉に発せられた「いただきます」と共に——給食の時間が始まった。

生徒たちが食べ始める中、甘利田は真剣な目つきで給食の載ったトレイを眺めている。

大きめなアルマイトの器には、赤みがかった茶色と片栗粉の白をまとった揚げ物、鯨の竜田揚げが存在感を主張する。隣には青々とした千切りキャベツが添えられ、その横の器には少し黄色がかった柔らかそうなキャベツのソテーが盛られている。隣のお椀には春雨のスープ。コッペパンの横にはイチゴジャムの袋が並べられ、さらに端に瓶の牛乳が陣取っていた。

甘利田はメガネを外すと、まだ不可侵領域状態である給食のトレイに、ただ見入っていた。給食はメガネを外して食べる、というのが彼の給食における作法だった。

(今日のメニューは念願の海の王者、鯨の竜田揚げ。いつも通りの千切りキャベツが添えられている。そしてあえてキャベツかぶりのキャベツソテー。メインディッシュとは別次元で存在するコッペパンとイチゴジャムと瓶牛乳。忘れてはならない安らぎの汁物、春雨スープ。間違いなく鯨を食らうがために脇役たちが自分の居場所を弁えている。見事なコントラスト。我が家では到底不可能な献立が今、目の前にある)

トレイ全体を見渡し、メニューそれぞれに思いを馳せる。すべてのメニューを意識し、再び鯨の竜田揚げに目を向けた。

（鯨の竜田揚げ。ひと口大に切った鯨を生姜汁と醬油で下味をつけ、片栗粉をまぶして油で揚げた料理。戦後、貴重なタンパク源として日本の食卓を支えた、鯨料理の代表的なメニューだ。醬油による肉の赤い色と衣の白い色の混ざった様子を、紅葉の名所である奈良県の竜田川の白い波に浮かぶ紅葉に見立てて命名されたと聞く）

甘利田はトレイに載っている給食を楽しむ上での相棒・先割れスプーンを手に取った。

（まずは、敬意を表してひと口）

先割れスプーンの先端で、鯨の竜田揚げを豪快に突き刺す。

かじりついた瞬間——カリッ、と小気味良い音と鯨の肉の食感が甘利田の口に広がる。力強い歯応えは、太い筋の存在を感じさせた。さっぱりした脂に頰が緩むままに咀嚼していく。

（これだ。この味。何度食べてもクセになる。牛とも豚ともあらゆる魚肉とも違う、海に浮かぶ哺乳類だけが持つ、凄まじいまでの高タンパク）

鯨の竜田揚げの虜になりながらも、添えられていた千切りキャベツもかき込んでいく。生姜のきいた醬油の塩辛さと、キャベツのシャキシャキ食感と嚙んだ瞬間広がる微かな甘みが絡むことで、鯨の竜田揚げのみとはまた違うおいしさを甘利田に提供した。

まずは、鯨の竜田揚げの一つめを完食。

甘利田は、次の獲物を狙うような目つきでアルマイトのお椀を見つめた。

(続いてはこれだ。春雨スープ)

お椀を手に取って口をつけ、スープを流し込む。さっぱりした塩気と春雨の食感が、鯨の竜田揚げを楽しんでいた甘利田の喉を、さらに楽しませる。

お椀から口を離すと、メインの春雨、僅かに引っ掛かったワカメと小さな豆腐を、先割れスプーンで掬い上げる。

(口の中に広がった油分を中和すると共に、そこはかとない中華の世界にいざなってくれる。春雨は控えめに喉越しを主張し、申し訳程度に浮かんだワカメと豆腐がおかずとして成立させている。やはり鯨には春雨スープ。この主従関係は誰がなんと言おうと王道と言ってしまおう)

誰に何を言われたわけでもないが、甘利田は強く心に誓う。そして次のおかずの攻略にとりかかる。

(キャベツをベースに、にんじんとベーコンを菜種油で炒めた付け合わせ。ベーコンの存在が嬉しい)

キャベツソテーの盛られた器を見つめる甘利田の目は、普段とは比べものにならないくらい優しい。給食がもたらす喜びや嬉しさは、完全に甘利田を骨抜きにしていた。

（さっき給食当番がよそうとき、もっとベーコン！　と心で叫んだのが功を奏した。ベーコン多め。本当に多くなるとは……嬉しい誤算だ……）

配膳時のことを思い返しながら、改めてキャベツソテー（ベーコン多め）を先割れスプーンで掬い上げ、口に運ぶ。

（おっ……これは……なんと驚きのカレー味。そうか、さっきからふんわりカレー風味がしていると思ったらこれが出元だったか。にくいぜ給食センター。文字通り、味な真似をしやがる）

ソテーされて柔らかさと甘みを増したキャベツに、ベーコンの旨味と塩気、ほんのり香るカレーのスパイシーさを存分に楽しむ。飲み込むと、甘利田は再びトレイを見つめた。

（それでは……第二部といこうか）

細長い茶色のコッペパンを手に取ると、食べやすい大きさにちぎる。封を切ったイチゴジャムをつけると、かじりつく。

（どんなおかずであろうと、パンと牛乳である事実が嬉しい。ブレない姿勢は人を魅了する。どんなことが起ころうとも私たちはここにいるよ、と言ってくれているようだ。イチゴジャムの下品な甘みもこの食事全体から見たら、必要なアクセントだと思えてくる）

ジャムつきコッペパンを咀嚼しながら、すでに甘利田の手は次を目指し——瓶牛乳に手を伸ばしていた。

(コッペパンのパサパサ加減も、牛乳を欲する欲望を掻き立てる為の滑走路だと思えば……必然性を帯びてくる)

イチゴジャムとコッペパンに対しては、妙に当たりが強い。だがこれは言葉通りの「低評価」なのではなく、ちょっとした軽口のようなものだ。親しみを感じるからこそ、意地悪を言ってしまうような。

瓶牛乳のキャップに爪をかけ、外そうと試みる。だが爪が短すぎるのか、今日の紙キャップとの相性が悪いのか、なかなかうまくいかない。それでも渇きに支配された口内を潤したい衝動を抑え、瓶牛乳開封を慎重に、かつ急ぐ。

そこで――ことは起きてしまった。

「――やってしまった!」

結果、キャップの上紙だけが剥がれてしまったのだ。変わらず給食の時間を過ごす教室の様子を気にしつつ、上紙の剝がれたキャップに再び爪を立てる甘利田。

(毎度これだけは厄介だ。力みすぎるとフタが中に落ちて牛乳が飛び散るリスクがある。避けようとして慎重に過ぎると薄皮だけ剝がれてさらに慎重にならざるを得ない。しかもこの手の失敗は絶対生徒に見せられない。大人なら難なくこなせるスキルだと奴らは信じているからだ)

どこ情報なのかは不明だが。おそらく甘利田の主観と偏見の賜物だろう。

（……正直、牛乳はやはり三角パックがいい）

脳内で本音を漏らしたところで、ようやくキャップが外れた。一口飲んで口の中を牛乳牛乳特有の甘みと冷たさで潤すと、甘利田は改めて姿勢を整える。

（では、いざ）

竜田揚げに先割れスプーンを刺し、豪快に食らいつく。食感と味を楽しむように咀嚼すると春雨スープを啜り、先割れスプーンでキャベツソテーをかき込む。塩気に満ちた口でジャムつきコッペパンをかじり、渇いた喉を牛乳で癒す。このローテーションを着実にこなしていった。

（鯨の塩気が大海原に誘えば、春雨スープが中国四〇〇〇年の歴史を感じさせる。パンと牛乳たちがそれらとコラボして、食事としてまとめ上げる）

食べ進める手の動き、咀嚼する動きが徐々に速くなっていく。そして、速度が上がれば豪快さや勢いも増していく。

近くで給食を食べる生徒が、そんな甘利田の姿をチラチラ見て小さく笑っているのだが――給食を味わうことに集中している甘利田の視界に、その様子は映るはずもなかった。

（――俺は今、充実している）

最後のひと口を咀嚼し、飲み込むと――甘利田は背もたれに倒れ、目を閉じる。

トレイの上は、アルマイトの器の中も含めてすべて空になっていた。

（……ごちそうさまでした）

一通り食後の満足感を堪能すると、甘利田はゆっくり目を開いた。大半の生徒はまだ食べている最中であり、甘利田はかなり早く食べ終わってしまっているのがわかる。

ふと視線を感じた甘利田の顔が引き寄せられたのは——いつもの笑顔で甘利田のほうをうかがっている生徒、神野。

甘利田の視線に気づくと、神野は小さな袋を取り出した。

（——あいつ！）

気づいて甘利田がメガネをかける。小さな袋には「タルタルソース」と書かれていた。今日の給食にはないはずのタルタルソースの封を切ると、鯨の竜田揚げにかける。

（タルタルソース！　どこからそんなもの！）

赤茶色の鯨の竜田揚げに、マヨネーズベースの白と玉ねぎのツブツブが食欲をそそる。甘利田は身を乗り出し、タルタルソースのかかった竜田揚げを食い入るように見る。

（どう考えても——うまそげじゃないか！）

普段は仏頂面で淡々と厳しい言葉を放つ甘利田の表情が、今は苦悶に満ちていた。羨ましさ爆発の顔である。

甘利田にそんな顔をさせた神野は、いつの間にか先割れスプーンを手に、コッペパンに切れ目を入れ始めていた。

神野の行動を理解できず、きょとんとしながら様子をうかがっていた甘利田だったが
——次の瞬間、その行動の意味を理解することになる。

タルタルソースの載った鯨の竜田揚げを、コッペパンに作った切れ目に挟んだのだ。

（あいつ……まさか！）

間に、キャベツソテーも挟む。

（……やめろ……やめてくれ……！）

その上から残りのタルタルソースを贅沢にかける神野。

見たくないと思っているはずなのに、甘利田の視線は神野——の、鯨の竜田揚げサンドに釘付けだった。

ずっしりしたパンを両手に持ち、神野は満を持して——かぶりついた。

（オー、ノォォ！）

たっぷりかかったタルタルソースが、神野の口元につく。そんなことなどお構いなしに、幸せそうに緩んだ顔で咀嚼していた。

（そんなのうまいに決まってんだろこの野郎！）

顔が真っ赤になるくらい力いっぱい（心の中で）叫ぶ甘利田。もぐもぐしていた神野がちらと甘利田の様子をうかがうと、甘利田はサッと顔をそらす。

神野は甘利田に視線を向けたまま、竜田揚げサンドを食べ続ける。そんな神野に対し、

甘利田の動揺は収まらなかった。

（……なんて奴だ……）

　そんな心からの呟きと共に、給食の時間は過ぎていくのだった。


　一方、保健室。奥に机を二つ向かい合わせにして座っているのは、御園と君山。給食を食べているところだった。

　そこにチャイムの音が響き、君山がビクっと肩を震（ふる）わせる。

「いいのよ、ゆっくり食べて」

「いいんですか？」

「私も遅いから、一緒だと助かる」

　安心させるように、優しく声をかける御園に、君山は初めて笑顔を見せた。

「これからは、教室でも私が一緒のペースで食べるから。二人いれば、遅くてもいじめられないでしょ」

「……はい」

　君山の笑みを見ながら、御園は思い切り伸びをした。

「はぁ……なんか、やっと緊張が取れてきた」

「緊張してたんですか」

「あがり症なの。朝から心臓バクバクで。授業もどうなることかと思った」

「……大変なんですね、先生も」

「大丈夫、頑張るから」

先割れスプーンを握って、頑張るアピールをする御園に小さく笑い、君山は鯨の竜田揚げを口にした。

「おいしい……鯨の竜田揚げって、おいしいんですね」

「初めて食べるの？」

「いつも……味なんて感じてなかったから」

この瞬間、君山の給食が今までとは違うものに変化した——それを感じられたからか、

「そう」と答えながら、御園の顔にも自然と笑みがこぼれた。

「……おいしい」

「うん」

ゆっくり給食を食べる御園と君山の時間は、ゆったりと過ぎていった。

給食後の、配膳室。

奥で作業をする給食のおばさんたちの様子をうかがいつつ、神野が棚の上の段ボール箱の一つを開けていた。持っていたタルタルソースの小袋を、箱の中に入れる。

「──何をしている」

声のする方へ神野が顔を動かすと、入り口に甘利田が厳しい顔つきで立っていた。

「落ちていたので、戻してました」

「……そうか」

「失礼します」

段ボールから離れ、甘利田の横を通って廊下に出る神野。そこで、甘利田は淡々とした口調で神野に問いかけた。

「献立は、何のためにある？」

足を止めた神野は、質問の意図がわからず「はい？」と首を傾げる。

「日々の献立は、お前たちの健康バランスを考えて、それこそ針の穴を通すような計算のもとに成り立っている。そこに異物を持ち込むことは御法度だ。給食に関わるすべての人間に対する冒瀆だ」

甘利田には、神野があの段ボールからタルタルソースを持ち出したことなどお見通しだった。気の弱い人間なら大人でも言葉を失ってしまうような、厳しい語調で切り捨てた。

だが、神野は少しも怯んだり動揺したりする様子はなかった。

「でも、おいしく食べたほうが、皆さん喜びますよ」

厳しい視線の甘利田に対して笑顔さえ向け、堂々と言い切る神野。

もう一度「失礼します」と告げてお辞儀すると、神野は背を向けて歩き出す。甘利田は怒りとも呆れとも取れる険しい顔つきで、その背中を見据えていた。

（私は給食が好きだ。私は給食のために学校に来ているといっても過言ではない。だが、そんな事は決して周りに知られてはならない。ただ心の奥底で給食を愛するだけ）

遠くなる背中を睨みつけながら、改めて自分の給食に対する姿勢を確認する。

だが脳裏に蘇るのは、得意げに鯨の竜田揚げサンドを作り、味わっていた神野の姿。

甘利田はその様子を素直に「羨ましい」と思ってしまった。

（そんな私に挑戦状を叩きつけてきた男……神野ゴウ）

緩んだ笑顔と、甘利田の言葉に決して屈しない、給食に対する鋼の意思を持つ男子生徒。

（この戦いは、まだ始まったばかりだ）

その存在を心に刻み、甘利田も神野とは別方向に歩き出すのだった。

メニュー二

八宝菜に欠かせないもの

(――今日も、学校が始まる)

常節中学校まであと少しの、川の見える田んぼ道。給食を愛する中学教師・甘利田幸男は、一日の始まりを意識しながら歩いていた。

まだ人通りの少ない道で一人、甘利田はここ数日間のことを思い出していた。

甘利田に挑戦状を叩きつけてきた男子生徒・神野ゴウ。

二人にしかわからない戦いは、静かに――だが確かに繰り広げられていたのだ。

鯨の竜田揚げサンドに完敗を喫して以降、甘利田は神野の動きを注視するようになった。

(牧野さんに神野に何も渡さないよう根回しまでしたが……奴があんな手段に出るなど)

あるときは、体育教師・鷲頭星太郎から借りたプロテインシェイカーを使い、ミルメークの粉を完全に溶かしきった。その上、クラスメイトからもらった未使用のイチゴジャムまで使い、飲み応えをプラス。ミルメークのおいしさを最大限に引き出していた。

(しかも奴は、味を追求するだけではなく……汚れることも厭わず、食いたいものを食いたいように食う工夫までしていた)

大人である甘利田がお行儀よく食べていたミートソースとソフトめん。大きな器を用意したり、元の器に残ったミートソースを少量のソフトめんで食べることで、最後においしく食べられるバランスを調節したりと、念入りに準備。そして予め制服の下に体操着を着込んでおくことで、汚れてでも勢い任せにおいしく食べる、という暴挙に出ていた。

（——神野の給食に対する情熱も認めないことはないが……献立に手を加えたり、汚れることを覚悟で体操着を着込むなど所詮小細工だ。純粋に給食を愛し、食する私が神野に劣っているなんてことはありえない）

この二戦を思い出し、ほんの少しだけ「やっぱりおいしそうだった」という気持ちを、甘利田は自らの給食愛で律する。

（今日こそ、私の完全勝利で給食を楽しんでみせる）

そう誓いを新たに、甘利田は常節中学校の校門をくぐった。


甘利田が職員室に到着すると、妙にガヤガヤ騒がしく、教師たちが忙しなく動き回っている姿が目に入った。

御園も落ち着かない様子で席についていた。ファンデーション用コンパクトの鏡で、しきりに化粧のチェックをしている。

「おはようございます」

甘利田が声をかけると、御園はビクッと肩を跳ねさせて振り返った。

「あ、おはようございます」

「皆さん、早いですね」

不思議そうに辺りを見回す甘利田に、御園は緊張した硬い声で答える。

「甘利田先生が最後ですよ」

その声に引き寄せられて、甘利田は再び御園に視線を向けた。

ボブカットの髪に寝ぐせなどがないのはいつも通り。だが淡いエメラルドグリーンのジャケットと、セットのタイトスカート、花柄の大きなリボンが胸元を飾る姿は、いつもより気合が入っているように見えた。

「どうしたんですか、めかし込んで」

「いえ……今日は父兄参観ですし」

「ああ」

初めて思い出した、とばかりに気のない返事である。御園は変わらずそわそわしていた。

「やはりちょっとした緊張感が、ありますよね」

「そうですか」

「……全然ありません？」

甘利田が平然と授業の準備を始める様子を、御園は信じられないような目で見る。

「授業参観は、いつも通りの授業を見せることに意味があります」

「わかってはいるんですが……さっきから緊張がすごくて」

　御園の弱音を聞きつつ、甘利田はデスクにある献立表をチラっと見る。だが何か思いついたようにすぐに献立表から視線を外すと、御園に向き直った。

「ところで、御園先生は朝ごはん食べてきましたか」

「……？　はい」

　突然の問いに、戸惑いの表情で答える御園。すると甘利田は身を乗り出してきた。

「ごはん派？　パン派？」

「ごはん派、です」

　戸惑いはそのままに、曖昧に笑って答える。世間話として受け取ろうとしているようだが、甘利田の勢いはさらに増した。

「自分で作る派？　作ってもらう派？」

「作る派……です」

　早口でまくし立てるような勢いに押されながら、答えていく御園。

「なんですかこのちょくちょくある私いじり。前回がお昼で、今回は朝ごはん編ですか」

　困惑しながら甘利田に文句を言うものの、御園の緊張は少しほぐれてきていた。

「緊張、といえば……そう……例えば……野菜」

「野菜？」

突然また違う話題に飛ぶ甘利田に、怪訝そうにオウム返しする。

「保護者を野菜だと思えばいいんです。本気になって」

「……そうすると、どうなるんですか？」

「落ち着きます」

きっぱりと言い切る甘利田に、御園はため息をついた。そんなことで緊張しないで済むなら苦労はないのである。

「……ところで、なんで私の授業なんですか」

「新しい副担任を、皆さん知りたいと思って」

さらりと言うと、甘利田の視線は再び献立表に向いていた。

（私は給食が好きだ。給食のために学校に来ていると言っても過言ではない）

献立表の今日の日付のところには「八宝菜」の文字があり、いつも険しいか無表情な甘利田の頬を緩ませる。

（――だが、そんなことは決して周りに知られてはならない）

緩んだ頬を再び引き締め、甘利田は授業の準備の続きに戻った。

時間は進み――一年一組の、授業参観が始まった。

黒板には「走れメロス」と大きく、読みやすい字で書かれている。その黒板の前に立っているのは、緊張でやや顔が強張って見える御園だ。

「えー、それでは、この前勉強した『走れメロス』の感想文を読んでいってもらいたいと思います。今日は皆さんのお父さんやお母さんが来てくれていますが緊張しないでいつも通りやっていきましょうね」

言葉だけなら生徒を気遣える余裕のある教師に見えなくもない。だが話し方に抑揚はなく、すでに額が汗ばんでいる御園の姿は、教室の誰よりも緊張していた。

教室後方には、保護者が数十人立って御園を見ている。化粧を張り切った母親らしき姿もあれば、仕事の作業着で来ましたという父親らしき姿もあった。

「……えーっと」

大人たちの視線を受け、息を呑む御園。緊張でなかなか次に繋ぐ言葉が出ない。

生徒たちはソワソワしているものの、緊張というほどではないらしい。近くの席同士で話している生徒の姿もある。

自席にいる甘利田は、そんな教室の様子をあまり興味なさそうに見ていた。

「えーっと……まずは、誰から発表してくれるかな」

少し震えた声で御園が呼びかけるが、生徒たちから手が挙がる気配はない。

重い沈黙が続く中、ふとどこかから「哲雄、哲雄、いけ」と声が聞こえてきた。

一番後ろの列に座っている児島哲雄は、頑なに声に反応すまいとしている。だが明らかに顔を顰め、頬を紅潮させていた。

声の主は、ずらりと並ぶ保護者の中の一人であり、見事に尖ったリーゼントの髪に上下作業着姿の男――児島哲雄の父親だった。日に焼けた顔は楽しげだったが、目つきの鋭さが息子と似ている。

「……黙ってろよ」

「いいから、いけ」

少しでも目立たないように、僅かに掠れた声で反抗する息子。その様子に気づいていないのか、後押しするようにしつこく声をかけ続ける父親。

相変わらず、自分から挙手する生徒はいない。御園は焦りと困惑で自席にいる甘利田に目をやる。いつの間にか数学の教科書を見始めていた甘利田は、ノーリアクションだった。

助けがないことを悟り、御園は仕方なく覚悟を決める。

「……では、児島くん」

「えー俺」

変わらず父親からの「いけ」という応援を受け、児島は不満げな表情のまま仕方なく立ち上がった。他の保護者も、児島に注目している。

「男の友情はいいなと思った。そして殴り合う場面に興奮した。けれどメロスもセリヌンティウスも疲れているから、俺なら殴られても効かないし、倒れたりしないだろう。そして俺のパンチを食らったら二人とも起き上がれないだろう。強くて良かったと思った」

嫌がっていた割りに感情を込めて読み終え、児島はすぐに座った。

満足だったらしく「よし！」と嬉しそうに声を上げる児島の父。褒められて嬉しかったのか、父親からのハイタッチに児島は笑顔で応える。

「……はい、児島くんありがとう。面白い感想でしたが、殴り合いのところだけでなく、どうして殴ったかにも注目してみてください。えーっと次、読んでくれる人」

さっきまで無反応だったのが、突然手が挙がった。学級委員の桐谷みすずだ。

同時に、保護者の中の一人——菫色のジャケットとスカート姿の上品そうな女性が、「みすず」と声をかける。桐谷と頷き合うその女性は、桐谷みすずの母親だった。

その一方で、未だに緊張が解けない御園は、再び甘利田に助けを求めて視線を送る。

「……やさい」

甘利田は、それだけ口にした。甘利田の謎の発言に、生徒たちの視線が集まる。御園はその言葉で職員室でのやり取りを思い出すと、ゆっくり桐谷に視線を戻した。

「……はい、桐谷さん」

指名され勢いよく席を立つ桐谷。原稿用紙を持ち、自信に満ちた顔をしている。

「一番感動したところは、メロスが妹の結婚式に出席するために駆けつけたところです。

私にも兄がいるので、私がいつかお嫁さんになったら、こんな風に駆けつけて欲しいと思いました」

ハキハキした声で堂々と読み上げる桐谷の姿に、母親は「みすず……」と感動に震える口元を、ハンカチで押さえていた。

「素敵な感想ですね……信じていればきっと叶えられると、先生思います」

教師として求めていた形の感想文に、御園も少しほっとしていた。緊張がほぐれてきたのか、そのまま「では次は……」と次に感想を読んでもらう生徒を探し始めた。

すると——神野が勢いよく手を挙げる姿が、甘利田の目に映った。

（奴が挙手……親にいいところを見せたいのか……そもそも奴の両親は来ているのか？）

ずっと教室内を見守っていただけだった甘利田だが、神野の意外な行動に目を見張った。

こっそり保護者を見回すが、神野に特別な反応を示す者の姿はない。

「はい、神野くん」

指名された神野はゆっくり立ち上がり、落ち着いた様子で感想文を読み上げた。

「メロスもセリヌンティウスも、三日間も何も食べていなければ相当お腹が空いていただろうな、と思いました。それだけの空腹に耐えられた二人の気持ちを想像しました」

甘利田や御園、生徒や保護者たちも、静かに神野の感想に聴き入っていた。

「そして、信じた先に食べたものは何よりも美味しく感じるだろうと思います。僕も困難に打ち勝ち、美味しいものに出会えるよう信じてみようと思います」

そう締めくくると、神野はやはりゆっくり席についた。

神野が着席してから、少しの間。

「……一体何の宣言だ」

甘利田からのツッコミが、静まり返った教室に響くチャイムに掻き消された。


授業参観は無事終わり、保護者たちは帰って行った。それを見送ることもせず、甘利田は職員室に戻ってきていた。

（……奴のあの宣言は、何かを予見しているのか……？）

自席についていた甘利田は、献立表を睨みながらそんなことを考えていた。

そこに御園が疲れた表情でやってきて、隣の席に座って大きくため息をつく。

「……疲れました」

「ご苦労様です」

「保護者からの視線は慣れませんね」

「意識し過ぎです」

バッサリ切って捨てる甘利田に、御園は不満げに少し口を尖らせる。

「意識するなと言われても、あれだけじっと見られていたら……それに、一組の生徒って、どうも変わってるというか……」

「思春期(ししゅんき)の子どもなんて、みんなあんなもんですよ」

「神野くんなんて、全然メロスと関係ないし」

「食い意地が張ってるんでしょう」

先程から考えていた神野の名前が出ても、気にした様子も見せず流す甘利田。

「走れメロスから、どうしてああいう感想になるのか……」

「それで、どうでした？」

御園の言葉に重ねて、甘利田は問いかけた。変わらず無表情ではあるのだが、目に妙に力を宿して御園の反応をうかがっている。

「……どうって？」

「野菜作戦」

言われて思い出したのか、御園は曖昧に笑った。

「……少しは効いたような……効かなかったような」

「まだまだ思い込みが弱いんです」

自信満々に「秘策」を押され、力なく「はぁ……」と返事をする御園。そんなリアクションにも構わず、甘利田は続ける。

「最初の児島の父は、何に見えました？」

「……あえて言えば」

「言えば」

「ごぼう……日に焼けてるし」

食い気味に先を促され、乗り気ではなかった御園はあえて答えたわけだが。

特にそのことへの反応も感想も返さず、甘利田は「……では」と言いつつ立ち上がり、職員室を出て行ってしまった。


甘利田が向かったのは、配膳室だった。いつものように、ワゴンにおかずの入った鍋や容器、食器を積み込む給食のおばさんたちの姿を視界に入れつつ、配膳室の様子をうかがう。

（今日の献立から考えて、奴のやりそうなことは……）

棚の上には段ボール箱があり、神野が鯨の竜田揚げのときに使ったタルタルソースや、ミルメークのときに使っていたイチゴジャムの文字がある。ジャムは、ここからくすねてきたわけではないが。

（八宝菜に白玉フルーツポンチ。このメニューに使えそうな食材、食器……）

ミートソースとソフトめんのときのような、大きな器が必要なメニューではない。食材に関しては、そもそも神野に余計なものを与えないよう、牧野には伝えてある。

（……そして、読書感想文の際の宣言……ダメだ……全然わからん）

早くもお手上げ状態の甘利田の耳に、「ゴホゴホ」と咳をする音が聞こえてきた。甘利田が音の主に目をやると、さっきからワゴンに色々なものを運び込んでいた牧野だ。

「ああ、先生」

「風邪ですか」

いわゆる「給食のおばさん」たちは、基本的にマスクをして作業をしている。だが今の肩で息をする牧野のマスクは、衛生管理上というより病人を代表する装備のように見えた。

「ええ、昨日まではなんでもなかったんだけど、今朝起きたら咳が止まらなくて……」

甘利田の問いに答えるのも、少し辛そうだった。

「熱は」

「まだ微熱だけど、これから上がりそうな感じなんです」

「休んだ方がいいんじゃないですか」

「そうしたいけど、当日欠勤はしづらくて……」

苦しそうにゴホゴホ咳をしながらも、何とか気丈に笑って見せる牧野。

「無理しないでください」

「ありがとうございます。終わったら、すぐに病院行ってきますね」

弱々しく笑うと牧野は作業に戻ったが、重い寸胴鍋を持つ後ろ姿はフラついている。

甘利田は表情にこそ出さないが、視線が牧野を気掛かりに思っているのは明白だった。

一度口を開くも、結局それ以上余計なことは言わずに配膳室を後にした。


そして——給食の時間がやってきた。

給食当番が配膳台の準備を済ませると、我先にと生徒たちが列を作って並び始める。甘利田も後ろのほうに並んでいた。すぐ前には、神野の姿がある。

「……」

静かに順番を待つ神野の表情は、妙に真剣だった。

（いつにも増して真剣な顔つき……）

後ろからそんな顔を目にした甘利田は、その表情の意味を測ろうとチラチラ神野の様子をうかがった。

「野菜そんなにいらねぇよ。肉入れろよ、肉」

その一方で、配膳台では一際大きな声で児島が喚いていた。八宝菜の盛り方が気に入らないようだが、八宝菜を担当している桐谷は涼しい顔だ。

「量は決まってるから」

「いいから入れろよ、肉」

桐谷は「しつこい」と切り捨て、持っていた八宝菜を盛った器を児島のトレイに置く。

後がつかえているのに気づいた児島は、渋々次のおかず担当の前に移動した。

（八宝菜の肉と野菜のバランスもわからぬガキめ）

それを見て、甘利田は内心で吐き捨てる。無表情だが、視線に侮蔑が混じっていることに本人は気づいていなかった。

そうこうしているうちに列が進み、神野は八宝菜担当の桐谷の前に立つと無言で器を差し出した。受け取った桐谷は、配膳する八宝菜をよく見ながら、慎重に器に盛っていく。

気になることがあるのか、ふと神野は寸胴鍋を上から覗き込んだ。ただならぬ様子だが、児島のように喚くでもないので、桐谷もやりづらそうにしている。

（なんだ、悲しそうな顔をして……何をそんなに見ている。まさかお前まで、肉が少ないとか気にしているのか……？）

少しずつ器に盛られていく八宝菜。その様子を、少しも目を離さずに見つめる神野。

（それとも、何かアレンジして食べるのに、多く必要な具材でもあるのか……）

顔がだんだん俯いていく。絶望の知らせを聞いて徐々に理解していくかのようだった。

だが、盛り終わった器を受け取ったときには——覚悟を決めたように表情を引き締め、なぜか小さく頷く。そのまま、次の白玉フルーツポンチの配膳を受けるため移動した。

(何の覚悟だ。何を頷く……一体、何を理解したというのか)

神野を視界の端に入れながら、桐谷に器を渡す甘利田。桐谷は先ほどと変わらず、慎重に器に盛っていく。その間も、甘利田は神野を観察し続けた。

器に盛られた白玉フルーツポンチを黙って受け取り、自分の席へ戻っていく。その背中を見ても、今の甘利田には神野の心境は推し量れない。

「はい、先生」

そうこうしているうちに、八宝菜を盛り終わった桐谷に声をかけられる。「ああ」と答えながら器を受け取り、トレイに載せながら八宝菜を眺めた。

白菜、たけのこ、にんじん、玉ねぎ、さやえんどう、しいたけ、かまぼこ、きくらげ、そして申し訳程度の肉。どうしても八宝菜で目立ってしまうのは——

「……野菜」

ぽつりと口にして、甘利田は一つの仮説に行きつく。

(もしかして苦手な野菜でも入っていたのか……だとすれば、今日は勝てる！)

勝利の予感に、甘利田の胸は高鳴っていた。

「どうかしましたか」

「いや……失礼」

御園に促され、甘利田は自分が配膳の流れを止めていたことに気づく。まだ収まらぬ鼓動を抑えて平静を装いつつ、次の白玉フルーツポンチの配膳に移るのだった。


配膳と校歌斉唱も終わり、全員揃っての「いただきます」と共に給食の時間が始まる。

甘利田も自席につき、メガネを外すとトレイを見つめた。

(今日のメニューは、生徒たちの間で好き嫌いが真っ二つに分かれるメニュー、八宝菜。どんなメインディッシュにも漏れなくついてくる名脇役のコッペパン、マーガリン、牛乳。そして授業参観日の達成感を味わわせてくれる嬉しいご褒美、白玉フルーツポンチ)

いつもの儀式として、トレイ全体を見渡して給食に対するワクワク感を堪能する。

(まずは八宝菜。言わずと知れた中華料理。清の時代、美食家の李鴻章が世に広めたと言うが諸説ある。友人の家を訪ねた際出されて旨かったので広めたという説や、アメリカを訪れた際、アジアから出稼ぎに来ていた労働者が食べていたごった煮がうまかったから世に広めたという説など。どんな経緯で広まったにせよ、李さんには感謝せずにいられない)

このときのためにわざわざ調べたのかというほど、とても具体的な八宝菜の知識だった。先割れスプーンを手に取り、おもむろに肉を掬い上げると、ぱくりと口に入れる。

（美味い。今日は思い切って肉から食べたが正解だ……そして玉ねぎとにんじんのシャキシャキ感に、片栗粉のトロみが絶妙なマッチング……かまぼこの優しい存在感もいい）

噛むたびに溢れる豚肉の旨味を堪能。その後さらに頬張った玉ねぎとにんじんの甘さと、片栗粉に溶け込んだ塩の味が絡む。甘みとしょっぱさを、片栗粉の餡がしっかりまとめ上げていた。

さらに、しいたけ、たけのこ、きくらげと食べていく。噛んだ瞬間じゅわっと溢れるしいたけ独特の強いエキス。きくらげの、コリコリした食感が心地好い。

（栄養素と旨味の宝庫、しいたけ……ああ、きくらげのこの食感……よし、さやえんどうでいったん休憩）

食べることをまっすぐ楽しみながら、最後にさやえんどうを口にした。玉ねぎやにんじんにはない青い匂いが広がり、旨味や甘みで盛り上がっていた口内を落ち着かせる。

（うん、うまい。ありがとう李さん。時空を超えてあなたの想いが私の舌に到達した……そして思い出さずにはいられない、あの日……八宝菜は具が八種類ではなく五種、六種、七種でも八宝菜ということに気づいたあの日。あの雷に打たれたような発見をした日、私は天命を知ったのだ。まだ三〇だけど）

トレイを見つめながら、八宝菜に思いを馳せる甘利田。こっそり浮かぶ笑顔には、優越感のようなものが混じっていた。

(そう、八宝菜の「八」は八種類ではなく、多く、という意味なのだ。ちなみにまたの名を五目うま煮とも言う……しばし、堪能しよう)

そこまで考えたところで甘利田から優越感は消え、表情が引き締まる。

先割れスプーンで再び八宝菜を味わっていく。咀嚼するたびに、軽快なシャキシャキと食欲をさらにそそる音を響かせた。

(野菜が摂れ、肉も入っているのでタンパク質も豊富。この栄養価の高い一品を考案した栄養士。トロみが戻ってしまう時間を逆算して調理する給食センターの努力。そして、そのバトンを渡されアンカーとして生徒たちに届けようという給食のおばさんたちの奮闘。まさに給食トロイカ体制)

満足そうに頬を緩ませながら八宝菜を楽しんでいた甘利田の動きが、ふと止まった。

(ん？　なんだ……今、感じた違和感は……)

改めて見つめる八宝菜は、食べたことで減ってはいるが、にんじん、玉ねぎ、しいたけ、たけのこ、さやえんどう、申し訳程度の豚肉は健在だ。まだまだ八宝菜を楽しめる。

(いや気のせいだ。私は今日、疲れているのだ。そう疲れている。いったん落ち着こう)

先割れスプーンを一度置くと、コッペパンを食べやすい大きさにちぎり、マーガリンをつけて頬張った。もぐもぐと咀嚼する間に、今日はすんなりと牛乳キャップが取れる。

(これこれ。基本の「き」、この味)

ごくりと牛乳を飲むと、満足げにさらにコッペパン、牛乳と繰り返す。そのうちだんだん何かを捉えたかのように、甘利田の表情に明るさが戻って来た。

（そうか、あんまり八宝菜について熱い想いを語ったせいで、コッペパンと牛乳に嫉妬されていたのだな。大丈夫だよ。四六時中そばにいてくれ、お前たち）

さらに頬が緩み、ニヤけ顔になっていた。半分ほどなくなったコッペパン、瓶牛乳は当然ながら何も語らないので、その真意は定かではない。

（……いざ）

気合を入れ直すと、先割れスプーンを手に八宝菜、コッペパン、牛乳と流れるように口に運んでいく。先ほどまでの語らい（一方的）が嘘のように、スムーズに食が進んで行く。

（感じる。今、俺は中華大国の歴史を感じている。自分自身が、トロみの中に溶けていく……！）

最後のひとかけらもしっかり嚙み、飲み込むと、ただ一つの器以外はすべて完食した。

（そしてたどり着いた桃源郷。給食の天使、白玉フルーツポンチ）

先割れスプーンで、白玉の一つを掬い上げて口に運ぶ。もちもちした食感に、シロップと溶け出した果物の甘さが、白玉の原料であるもち米の甘みをさらに引き立てる。

（柔らかいのに確かな弾力。最高だ。我が家では到底出ることのないメニュー……こんなにうまいものが世間にはあることを、母にも教えてやりたい）

みかんを噛んだ瞬間、シロップだけでは出ない爽やかな酸味を伴った甘さが溢れる。濃厚な甘みの桃と共に食べていくと、二つの白玉が器に残された。両方、口に入れる。

(左右の頰に白玉を入れ、同時にゆっくりと噛んでいく。白玉ワンダーランドが私の口の中に出来上がっている……)

贅沢に白玉の食感を口いっぱいで堪能すると、今度こそトレイに載る器の中身はすべて空になった。

「ごちそうさまでした」

手を合わせ、満足げに給食を終わらせた甘利田だったが――

(しかし、食べている途中で感じたあの違和感は何だったのか……何か欠けている、足りない感じ)

コッペパンと牛乳の嫉妬で片付けた違和感を、結局甘利田は拭いきれないままでいた。

そんなとき――ぐぅー、と盛大に腹の虫の鳴る音が聞こえた。騒がしい教室内でもハッキリ聞こえた音が気になり、甘利田はメガネをかけて音の主を探した。

甘利田が視線を動かすと、その先には神野が目を閉じ、姿勢よく椅子に座っていた。

(奴の腹の音か……なんだ、何をしている?)

トレイの上の給食は、配膳されたときのまま、まったく手をつけられていない。その事実に、甘利田は目を見開いた。

（どうした、なぜ食べない？　奴らしくないではないか。配膳されていたときのあの悲しそうな顔は……気分でも悪いのか？　それともやはり嫌いな野菜が入っているのか……）

甘利田の脳裏に、今までの対戦の記憶が蘇ってきた。

食感をも意識した、イチゴジャム入りのミルメーク。

ミートソースとソフトめんで最初から汚れることを想定した潔さと、食に対する衝動。

ただ普通に給食を楽しみ、大人としてお行儀よく食べていただけの甘利田には到底できなかった、神野の数々の所業——羨ましさが拭いきれない、給食の楽しみ方。

毎回甘利田の斜め上を行く神野が、給食に一切手をつけない。その事実が、敵愾心よりも案ずる気持ちを抱かせた。

神野をよく観察すると、ただ何かに集中——瞑想しているようにも見える。

「……メロス」

神野はそう口にしていた。教室が騒がしい中で、甘利田の耳に届くとは思えないが。

（メロス……！　確かに今、メロスと……！）

聞こえたらしい。おそらく口の動きと、印象に残っていた読書感想文の影響でそう読み取れたのだろう。

——その瞬間、教室の引き戸が勢いよく開かれた。

給食のおばさん・牧野文枝が扉が開くと同時に駆け込んで来る。

「！」

その姿を目撃した神野の目が、大きく見開かれた。瞬間、甘利田も飛び込んできた牧野の存在を認識し立ち上がる。両手に小さな銀色のボウルを抱えたまま教卓までやってくると、叩きつけるようにそれを置いた。

勢い余り、ボウルの中身が跳ね上がる。その中身とは――

（うずらー！）

甘利田が内心で叫んだ瞬間、跳ね上がったうずらの卵は音もなくボウルの中に戻る。

牧野がボウルを乱暴に置いたのは、風邪のせいで身体がふらつき勢いがついてしまったからだろう。息を切らしたまま、「先生……ごめんなさい」と声をかけてくる。

「今日からうずらの卵が別盛りになっていて、私……熱でぼーっとしてたら、一組の分を他のクラスへ……連絡受けて、今取って来たんです」

言いながら、教室を見渡す牧野。まだ食べている生徒もいるが、大多数の生徒の食器は空になっていた。

「あら、もう食べ終わっちゃった？」

「……はい」

「ああー……ごめんなさいねぇ、みんな……」

甘利田も当然、すでに食器の中は空だ。申し訳なさそうにする牧野を見ながら、ようやく甘利田は理解した。

（あのときの違和感、何か足りない感じは……うずらの卵……！）

違和感の理由がわかったスッキリ感よりも、失態へのショックに立ち尽くす甘利田。

「ごめんね……」

教室全体に声をかける牧野の元に、神野がゆっくり歩み寄ってきた。

その手には——配膳されたときから手つかずの、八宝菜。

「食べないで待ってたの……！」

一瞬驚いた牧野の顔が、すぐに穏やかな笑みに変わる。優しい手つきで神野の頭を撫でると、ボウルの載った教壇に導きながら「取って取って！」と声をかけた。

ボウルに入っていたスプーンを持つと、うずらの卵を掬い上げる。

「二個よ」

「はい」

短いやり取りを交わし、うずらの卵を二個、自分で八宝菜に載せていく神野の目は、うっすら濡れているようにも見えた。その瞬間、甘利田は今度こそすべてを理解した。

（セリヌンティウスか！　必ず給食のおばさんが気づいて持ってきてくれると、信じていた……！　そして待ち続けた……）

甘利田が呆然とする中、教室が騒がしくなってきた。君山の向かいで給食を食べていた御園は、教室の様子を見かねて立ち上がる。

「はい、じゃあみんな、食べる人は並んで取っていってください」

そんな声を尻目に、神野は牧野に一礼すると席に戻ろうと歩き出した。それを機に他の生徒たちはうずらの卵の入ったボウルの前に列を作り始める。

そのとき、ふと甘利田は嬉しそうな神野と目が合った。手に持っているうずら入り八宝菜が、甘利田の視界で主張しているように見える。

そのまま席に戻る神野。呆然としたままの甘利田。

（……なんという奴だ）

神野は席につくと、うずらの卵を先割れスプーンで掬って頬張った。もぐもぐと食べている表情は、今日一番の明るい笑顔であり、満足げだ。

（……奴は、配膳される時点でうずらの卵がないことに気づいていた……それに比べて私は、何かが足りないと気づいていながらバカ丸出しで完食してしまった……なんと愚かな……画竜点睛を欠く八宝菜に満足していたとは……！）

黙々と食べていく神野。今日はひたすらに、何の小細工もなくただ八宝菜を楽しんでいき、あっという間に平らげてしまった。

他の生徒たちも、順番にうずらの卵を受け取ってはしゃいでいる。子供たちにとってうずらの卵は、野菜ばかりの八宝菜に眠る至宝のようなものだったのかもしれない。

大人の甘利田は、食べ終わるまでその「至宝」の存在に気づかなかったわけだが。

（……負けた……完敗だ……）

騒がしくなる教室とは対照的に、甘利田は静かに俯いた。


昼休みに入り、生徒たちが元気に校庭に飛び出していく。走り回る生徒もいれば、サッカーボールを蹴っている姿もある。

そんな校庭の端を、配膳用の白衣ではなく私服姿の牧野がゆっくり歩いていく。

「……」

その姿を、神野は教室のベランダから眺めていた。見守るように、牧野が去っていく姿を視線で追う。ゴホゴホ咳をしながら、牧野は校門の外に消えていった。

「心配か」

そんな神野の背中に、甘利田は声をかけた。振り返る神野と対峙し、胸の奥のざわつきを抑えながら返答を待つ。

「朝から、体調悪そうでしたから」

「知ってたのか」

「はい」

甘利田は神野の隣に並び、揃って外に視線を向けた。

「うずらの卵が別盛りなのも？」

「いいえ。でも、うずらがないということは、ありえないと思いましたので」

問いに対し、神野はきっぱりとそう答えた。甘利田は短く「そうか」と返した。

神野は「失礼します」と一礼して、教室の中に戻る。校庭を見ながら甘利田は思う。

うずらの卵がないと気づいていたなら、その時点で配膳室へ取りに行くこともできた。

だが神野はあえてそれをしなかった。ただ自分の望むものを、ただ欲しいままに望むのではなく、「きっと、気が付いて届けてくれるはず」と信じて待つことを選んだのだ。

（神野ゴウ。奴は空腹に耐え、待ち続けた……おいしい給食を）

最高の結果を手に入れるために、他人をただ信じて待つ――大の大人でも、そうそうできることではない。

（……奴との戦いは、まだまだ続きそうだ）

給食を終えた後はいつも、神野への敵愾心を強めていた甘利田だったが――この日は、そこに敵意は存在しなかった。

メニュー三

酢豚は大人の証

この日の一、二時間目、常節中学校一年一組は美術の授業だった。

三階にある美術室は通常の教室とは違い、大きな一つの机に数人で、角椅子に腰かけて授業を受ける。石膏像や畳んだイーゼルが点在する美術室内の前方には、天然パーマの黒髪と、絵の具のついたシャツ姿の男——美術教師の森山顔太郎が立っていた。

「これから外に出て描いてもらいますが、皆さん上手く描こうとしなくていいですから。大事なのは、皆さんから見た景色、人々、生き物、なんでもいいですが、自分が一番描きたくなったものと、真剣に向き合って描くということです」

この時間にやることを一通り説明すると、森山はそう締めくくった。

森山の「それでは、出かけましょう」という声で生徒たちが一斉に立ち上がると、画用紙を挟んだ画板や絵の具のセットを持って廊下に出て行き、次々と階段を下りていく。はしゃぐ生徒たちの中で、神野ゴウも階段を下りようとしたそのとき、担任の甘利田幸男が階段を上がってきた。

「……」

「……」

甘利田は階段の途中で、神野は階段の上で互いを見つめ合っていた。

(私は——この二人が苦手だ)

二人の姿を廊下から見ていた森山は、強くそう思った。得体の知れないものを見るような視線を隠そうともせず、甘利田と神野を眺めている。

まず、甘利田を見ている神野のほうに視線を移した。

(この生徒、どうも摑めない。私の授業を聞いているのかいないのか、興味があるのかないのか……生意気とか反抗的とかではないが、何を考えているかわからない)

次に、神野を見ている甘利田に視線を移す。

(まだ見てる……この教師はもっと摑めない。普段から何を考えているかわからないところがあるが……なぜ彼は、あの生徒を睨んでいるんだ)

一瞬の邂逅を経て、神野は甘利田に会釈して階段を下りていく。入れ違うように階段を上がってきた甘利田と森山はすれ違う。甘利田は会釈すると、そのまま通り過ぎた。

森山は、過去にも甘利田と神野が対峙するところを何度か見かけたことがあった。その度に、森山は毎回同じことを考えてしまう。

(二人には、この二人にしか見えない風景があるように思えてならない)

今まで森山の前で、具体的な何かがあったわけではない。だからこそ——森山には見えない何かが、二人の間に存在するように感じられるのかもしれない。

気を取り直すと、森山も階段を下りて生徒たちの後を追った。

一年一組の生徒たちは大きな公園の中の思い思いの場所で写生をしていた。課外授業の時間はだいぶ進んでおり、中には仕上がりが近い生徒もいるようだ。

森山は生徒たちの進捗状況を見て回り、声をかけてはアドバイスしていた。

（絵は面白い。同じものを描いているつもりでも、三者三様の絵が出来上がっていく。見え方が違うのか、感じ方が違うのか。人は見たいものを見る。見たいものを描く）

主に真面目に描いている女子生徒たちの絵を、森山は楽しそうに見て回っていた。

だが――森山が素直に感心できたのは、基本的に女子ばかりだった。

東屋では、児島哲雄と藤田和夫が生きているカマキリを描くために騒ぎ、その横で高橋道也が腕の高さを変えて腰を落としてカマキリの真似――蟷螂拳の構えを取っていた。

（……一組は変な生徒が多いな……原因は担任か？　どんな指導をしたら、こんなバラエティ豊かなクラスになるんだ。奔放すぎて、評価の基準が定まらない）

他にも、「写生」が目的なのに絵のモデルをやっている生徒、なぜか植物紹介の看板をメインに写生している生徒、四人で芝生に寝っ転がって手を伸ばし、謎の動きをして写生を放棄している生徒までいた。

（私はやはり、甘利田幸男――あの人が苦手だ）

やれやれと少し疲れた様子で、次の生徒の元へ歩を進める森山。

最後にたどり着いたのは、神野だった。真ん中にオブジェが置かれた人工池の前に腰を下ろし、真面目に絵を描いているように見える。

（そして、この神野ゴウ……ん、思ったよりまともな絵を描いているじゃないか）

神野の背中越しに見えた絵を見た直後は、森山もそんな感想を抱いた。だがよく見ると、おかしなことに気づく。

（……なんだ、これは？）

森山はハッと息を呑んだ。すぐ後ろに立っている森山に気づくことなく、神野は一心不乱に筆を動かし続けている。

美術の授業が終わるまで、森山は神野が絵を描き続ける姿を呆然と眺めていたのだった。


「来週は、残りの彩色（さいしき）をしていきます」

授業終了のチャイムと同時に、美術室に森山の声が響く。教師用の机の上には、完成未完成問わず、画用紙が重ねて置かれていた。

学級委員の桐山の「起立」「礼」の号令に従って挨拶を終える。チャイムが鳴り終わる頃には、何人かもう廊下に飛び出していた。

美術室で一人になった森山は、提出された画用紙の一枚を眺めていた。

神野の絵だ。じっと見つめていると——なぜか、嫌な汗が顔から、背中からダラダラ流れるのを感じる。森山はそのまま美術室を出た。

しばらく廊下を進み階段を下りると、階段前で御園と出会った。

「ああ、お疲れさまです。おひとりですか?」

「お疲れさまです。はい、そうです」

最初はただ笑顔で返しただけだったが、御園は何かに気づいて目を見開いた。

「森山先生、汗すごいです」

言われて初めて気づいたようで、森山は首を軽く拭って汗を確かめた。

「……ああ、さっきまでずっと外だったんで」

「ああ、写生ですか」

「いやはや、相変わらず、一組は個性派揃いですね」

「あ、何かご迷惑を?」

御園が一転して申し訳なさそうに表情を曇らせる。特に他意はない森山だったが、彼女も日々一組の生徒たちに振り回されているのだろう。

「いやいや、変な意味じゃないんです。みんな個性的な絵を描くものですから」

「そうなんですか。出来上がったら、見たいですね」

「もちろんです」

そんな話をしていると、廊下から「そんなところに座るな」「シャツが出ている」など、生徒に厳しく注意している声が聞こえてきた。

森山は、御園に「失礼」と声をかけてから階段前から廊下に出る。そこにはやはり、すれ違う生徒たちに注意している甘利田の姿があった。

「あ、あの甘利田先生」

森山が声をかけると、甘利田も「はい」と答えて足を止めた。

「この後って、授業ですか？」

「いいえ」

「ちょっと、お時間いいですか？」

「わかりました」

後ろをついてきた御園の「あの、私もいいですか？」という申し出も快諾した森山は、二人と連れ立って階段を上がり美術室に引き返した。

美術室にやってきた甘利田と御園は、教師用の机近くに置かれた角椅子に座っていた。

森山は、準備室から麦茶を運んでくると椅子に座った。準備室のどこで冷たい麦茶や氷を保存できるのかは謎だが、特にツッコミもなく甘利田は「……で？」と用件を促すと、お茶を一気に呷った。

「あ、あの、先生のクラスに、神野ゴウという生徒がいますよね」

「ええ……神野がどうかしましたか？」

一見平静に見える甘利田が、ピクリと反応したのを御園は見逃さなかったようで、甘利田を注視する。

「……ズバリお聞きしたいんですが、彼、どういう生徒なんですか？」

「どう、と言われましても……」

森山の顔つきは真剣そのものだ。甘利田は咄嗟に言葉が出ない。

代わりに脳裏を過ったのは——今まで、誰の目にも留まることのなかった、甘利田と神野、二人だけの「給食対決」。神野を意識し始めてから、甘利田は毎回のように敗北感を味わっている。

「……普通だと思いますが」

どう考えてもその対決自体が「普通」ではないのだが、甘利田が給食を愛していることを「周りに知られてはならない」というモットーを考えれば、こう答えるしかない。

「さっきの授業で『写生』をしていたんですが、彼の絵がちょっとその……変なんです」

「変？」

「なんていうか、シュールなんですよね」

不可解そうな甘利田に、言葉を尽くそうとする森山。それでもピンと来ないらしい甘利田に、御園がフォローするように割って入った。

「シュールレアリスム、のシュールですか？」

「そうですそうです」

聞き覚えのない言葉に理解を示した御園に、甘利田は鋭い視線を向ける。

「シュールレアリスム、とは何ですか？」

「一口じゃ言えませんが、幻想的というか、非合理な潜在意識表現というか……」

「つまりこういうことですか」

森山の説明を聞き、甘利田は表情はそのままに、少し考えてから続けた。

「……あいつの絵が、ぶっ飛んでいたと」

言いたいことが伝わったからか、嬉しそうに頷く森山。

「どう、ぶっ飛んでたんですか？」

「あ、見てもらった方が早いですね。すみません、ちょっと取ってきます」

御園の質問で思い至り、森山は席を立つと準備室へ走り去って行った。

森山を待つ間甘利田は、お茶に口をつける御園をじっと見つめていた。

「……なんですか？」

「先生は、絵にもお詳しいんですか？」

「いや……それほどでも」

首を傾げて真面目に自己評価する御園に対し、甘利田はさらに続ける。

「料理が得意で絵に詳しい国語教師」

「なんで今まとめたんですか」

謎過ぎる甘利田の言動に、真面目にツッコミを入れようとする御園。それに被せるように、さらに「独身」と付け加える。

真面目な顔つきだった御園が、むっとして「それは余計です」と抗議の声を上げる。そこに「あ」と甘利田はまたも声を上げた。

「なんですか」

「あと、お節介」

そこでようやく甘利田の言葉は止まった。御園はむっとした表情のまま「大きなお世話です」とプイッとそっぽを向いてしまう。本気で怒っているというより、言われたこと自体は間違っていないため、反論できないという部分もあるのだろう。

裏を返せば――御園のことをよく見ている、とも言えるわけで。

甘利田は、そっぽを向いてしまった御園のことをじっと見つめ続けていた。

そこへ、「お待たせしました」と森山が声をかけてきた。その手には、一枚の画用紙がある。

「これなんです」

　森山が机に置いた画用紙を二人で覗き込む。目にした瞬間、御園は戸惑いと疑問に満ちた表情で「え……？」と呟いた。甘利田も僅かに眉を動かし、難しい顔になる。

「確かに……シュール」

「これがシュールなんとかですか？」

「これ、公園で描いたんですよね？」

　甘利田の問いに「そう言っていいと思います」と言って頷く森山。御園が続ける。

「そうなんです。写生ってその名の通り、生を写し取るわけで……そういった意味では」

「こいつは、ふざけていると」

　難しい顔つきのままキツめの言葉を発する甘利田に、森山は「い、いや」と取り繕う。

「そういうことではなくて、まあ自由に描いてもらって構わないんですが……これの意味とか、甘利田先生ならピンとくるかなと思って」

「なぜ私がピンと来るんでしょう？」

　森山の言葉に、妙な居心地の悪さを感じる甘利田。森山も突飛なことを言っている自覚はあるようで、困ったように笑っている。

「甘利田先生と神野くんの二人だけに、見えている風景がある気がしたものですから」

「二人だけの風景……」

「いや、皆目見当がつきませんが……」

御園が言葉を繰り返す中、甘利田は否定しながら神野が描いた絵をじっと見つめた。皆目見当がつかない――そう言い切った反面、甘利田の中には何か引っかかるものがあった。だがその「何か」は、今の甘利田にはやはり「見当もつかない」のだった。

四限までの午前授業が終わり、給食の配膳が始まった。いつも通り列になり、いつも通り横移動で配膳を受ける生徒たち。

騒がしいのもいつものことだが、児島、藤田、高橋の三人は、「それ入れんなよ!」と揃って配膳係を恫喝している。文句を言うことが多い児島ではあるが、藤田や高橋も一緒になって配膳係に絡むのは珍しい。

彼らだけでなく、文句は言わないものの、不満そうな表情を隠そうとしない生徒も何人かいた。

そして――神野ゴウもその一人だった。

自分の分のトレイを前に自席についた甘利田は、そんな生徒たちの様子を眺めていた。

ほどなくして配膳が終わり、校内の校歌斉唱も終了。給食の時間が始まった。

本日の献立は、酢豚、食パンとマーガリン、もやしの中華サラダ、中華スープ、牛乳。

メガネを外して準備を整えると、いつものようにトレイを見渡した。

(今日のメインは酢豚だ。油で揚げた豚肉と素揚げした野菜に、甘酢の餡をかけた中華料理。揚げた肉に餡をかけることで冷めにくくなるので、こういうアツアツの料理は給食には珍しい。やはり熱々のおかずは嬉しい……だがすぐにメインに飛びついたりはしない。まずはこの二品)

中華スープの入った器を手に取り、ひと啜り。塩分の刺激と共に鶏ガラの旨味が口いっぱいに広がる。溶け込んで固まった卵の柔らかな口当たりもいい。

スープをすべて飲み込む前に、中華サラダのもやしを口に入れる。お酢の酸味と醤油の塩辛さが砂糖で調節されたタレの絡んだもやしは、シャクシャクと歯ごたえも楽しい。

(うむ。シンプルイズベスト。中華には中華。このスープに、このもやし。どちらも給食ならではのやさしい塩加減。相性良し。なんなら最初からスープの中にこのもやしが入っててても良かったんじゃないかというのは浅はかな考え方だ。給食センターはわかっている。汁物とサラダに分けることで、品数が増えて給食がより豊かになるのだ)

そんなことを思っていると案の定、甘利田の視界に中華サラダを中華スープに投入している生徒の姿が映った。

「ほら、こうすりゃ一石二鳥じゃん」

そう得意げに言っているのは児島だった。甘利田はこっそりため息をつく。

(やっぱりやる奴がいた。そして一石二鳥とは何だ。一つの行為から、二つの利益を得ることが一石二鳥だ。この場合、二つの料理を混ぜて一つの料理にしただけだ。それにそもそも利益がない)

声に出さず蘊蓄(うんちく)について考えながら、改めて自分のもやしの中華サラダを見つめる。

(このもやしサラダにはお酢が多めに入ってる。少しだったら味付けとしてありだったかもしれないが……これはもう、サラダとして生きることを決めた存在であって、他の何者でもない)

目の前の中華サラダの姿は、甘利田にとっては最早もやしの生き様であるようだ。

(酸(す)っぱい酢豚に酸っぱいスープでダブル酸っぱい給食になってしまった。ご愁傷様(しゅうしょうさま))

そう締めくくると、気を取り直して酢豚に向き合った。

(いよいよ、酢豚に取りかか――)

ふと、甘利田の動きが止まった。何かに気づいた瞬間、思わず口から言葉が漏れる。

「……パイナップル」

(そうだ、うちの給食の酢豚は清王朝方式だった。今から一〇〇年ほど前、中国は清という国だった。その頃に登場したのが、このパイナップル入りの酢豚だ。一説によると、当時パイナップルは、今では考えられないくらい希少(きしょう)で、値段(ねだん)もバカ高かったらしく、そ

れを酢豚に入れれば高級感が出るだろうと、レシピに導入されたとか）

先割れスプーンに載せたパイナップルを、改めて見つめる。

（酢豚と、パイナップル……それにしてもこの組み合わせ。まだまだ食い物ビギナーの子どもたちには、いささか敷居の高い料理ではないだろうか？）

教室内を見渡すと、普通に食べている生徒もいるが、嫌そうにパイナップルだけ避けたり、他の生徒に押し付けようとしている生徒もちらほらいる。

（私だって、こいつらくらいの頃は……この組み合わせが不可解でならなかった。甘いんだか酸っぱいんだか、おかず食ってんだかデザート食ってんだか、なんだかわけがわからなくなり、口の中がパニックになったものだ。清王朝から一〇〇年続いた食習慣の止め時を失ったとしか言い様がない）

給食を愛する甘利田にしては珍しく、食べ物に一言物申している。甘利田も酢豚のパイナップル否定派だった。

そんな甘利田だが、今は躊躇いなくパイナップル、さらに豚肉を口に放り込んだ。

野菜の微かな甘みとは違う強烈なパイナップルの甘みと、舌がチリチリ刺激される食感。お酢と塩味の効いた餡が絡んだ豚肉の旨味。どちらの主張も強く、人を選ぶ味だ。

（だが今は違う。美味い……と思う。そう、これは、美味い……はず。パイナップルは必要不可欠ではないが、食ったら食ったで、とっても美味い。気がする……）

美味いと思おうとすればするほど、その結論に異を唱えるように、甘利田の口の中は甘みと酸味と塩味を行ったり来たりする。

口の中のパイナップルと豚肉がなくなっても、甘利田の手は動かなかった。酢豚の中にまだ潜むパイナップルを見つめていると、生徒たちの声が聞こえてきた。

「なんでこんなのが入ってんだよ、意味わかんねぇよ！」

声の主は、配膳のとき散々喚き散らし、「ダブル酸っぱい給食」を作り出してしまった児島だった。傍にいる藤田が、訳知り顔で返す。

「母親が言ってたんだけどさ、パイナップル入れると、肉が柔らかくなるらしいよ」

「じゃあ硬くていいよ！」

即答だった。とても素直な反応である。それを見ていた甘利田は小さく首を振った。

（いや、それは実は間違いなのだ。世間は誤解をしている、パイナップルは、肉を柔らかくするために導入されたわけではない。確かにパイナップルに含まれている酵素には、肉を柔らかくする効果がある。だがその効果は、六〇度以上で調理すると消えてしまう。ましてや、この給食に入っているパイナップルは缶詰パイナップルだ。すでに熱処理が施されているので、効果は皆無だ）

給食を愛してやまない甘利田は、「酢豚の中のパイナップル」について独自に調べていた。苦手意識を持つからこそ「存在する意味」を見出そうとした努力の結果だ。給食に対する情熱は、やはり常人を遥かに凌ぐ。

　酢豚と中華サラダ、酸っぱい同士を一緒に食べる甘利田の、思いは続く。

（しかし、問題は酢豚にパイナップルの善し悪しではないんだ。酢豚のパイナップルを余裕で食べる大人でなければならない。そこが子供とは違うのだよ、子供とは！）

　給食好きというだけではなく、大人の威厳を守るために——甘利田はパイナップルも平気で口に放り込んだ。

（にんじん、玉ねぎ、しいたけ、たけのこ、ピーマン。酢豚の魅力は、豚肉と、これら野菜たちとの相性であることも忘れてはならない。旨味を油で閉じ込めた豚肉、旨味を油で閉じ込めた野菜、この二つが口の中で絡まり、絶妙な風味が広がる。それが、豚肉だけ食べても味わうことのできない、酢豚本来の魅力なのだ。スープやもやしとの相性も良い。これらの数列組み合わせで、酢豚は無限の広がりを見せるのだ）

　豚肉とパイナップルだけでは人を選ぶ味でも、野菜それぞれの持つ甘さや旨味が豚肉と合わされば、お酢の効いた餡と相まって酸味、塩味、甘み、旨味がおいしさのバランスをしっかり取ってくれる。

　その味わいを楽しみながら、甘利田は一気に酢豚を平らげた。器や先割れスプーンをトレイに置き、背もたれに倒れる。やり切った感のある満足げな表情のまま目を閉じた。

（……ごちそうさまでした）

一息つき目を開け辺りを見回すと、ふと神野の席に視線が向く。

瞬間、驚愕のあまり甘利田の目は大きく見開かれ、思わず自席から身を乗り出した。

メガネをかけ直すのも忘れない。

(あいつ……！)

神野もすでに食べ終わっているようだった——キレイに避けてある、パイナップル以外は。

(まさかの好き嫌い！　どういうことだ？　奴はいつでも、想像の斜め前を走っていた！

いや、これはこれで斜め前を行っているが、なんか違う)

先割れスプーンをトレイに置き、手を合わせた神野は「ごちそうさまでした」と呟く。

表情は暗く、悲しげな神野を見て——甘利田は急にあることを悟った。

(……そうか……あれは、パイナップルに対する贖罪だったのか……)


甘利田の時間は給食前——森山に、神野が描いたという絵を見せられたときまで遡る。

問題の、神野が描いたという絵。

画面には、池やその周りに生えた植物の様子が描かれている。だが池の中心にあるはずのオブジェの姿はない。

代わりに、絵の中心には小柄な人間が一人立っていた。棒立ちではなく、お腹の辺りで両手を組み、顔を僅かに傾け頭を垂れている。それだけを見れば、祈りを捧げているように見えた。

祈っている、と言い切れないのは、その顔があるもので隠れているから。

顔の正面には、楕円形の実に黄色くトゲのついた表皮、頂点から細く硬い葉がたくさん伸びた果物――パイナップルが浮いていたからだ。

「これ……誰ですかね？」

「子どものようにも、見えます」

御園と森山が話す間、甘利田はただ黙って絵を見つめていた。

「パイナップルで顔を隠しているのはなぜでしょうか？」

「人は見たいものを見る。見たいものを描く。だが彼は、見せたくないものを描かざるを得なかった……」

森山は持論を交え、推測を口にする。

「顔を、見せたくない……」

「甘利田先生は、この絵に何か感じませんか？」

考え込む御園に対し、森山は甘利田の反応をうかがう。

「――まったく何も」

期待に満ちた森山を裏切るように、甘利田は静かに切り捨てた。

「ふざけただけでしょう。先生も奴の芸術性とか浮世離れした考えは払拭して、適正に指導すべきです」

「いや、ですが……」

「写生の授業で写生をしない生徒を叱るのが教師です。自由な発想などという抽象的な指導法では、生徒はつけあがるだけです。ましてや相手が神野ならば尚更です」

森山の言葉を淡々と切り捨てる甘利田だが、その言葉はどこか感情的だった。

「どういう意味ですか?」

二人の反応から、甘利田は自分の神野への複雑な心境が漏れ出ていたことを自覚する。

「……いや、奴に自由を与えると、つけあがりやすいと言ったまでです」

――このときの甘利田には、やはりこの絵から感じるものがあったのだ。

時間は再び戻り――給食の時間。
(奴は今日の献立が酢豚であることを認識していた。そしてその中に、パイナップルが入っていることも予見していた。子どもの味覚では理解の埒外にある、おかずに果物という感覚。奴はどうしても受け入れられなかった。そのことが、最初からわかっていた)

静かに甘利田が見つめるうちに、神野は目を開け、トレイを片付けるため立ち上がった。残したパイナップルを真剣な表情でおかずの容器に戻すところも、じっと見守り続けた。

(奴は給食に全身全霊をかけている。これまでだって苦手なメニューはあっただろう。でも奴は奴なりの方法論で難題をクリアしてきた。しかし、酢豚にパイナップルだけは難攻不落……給食を残さざるを得ない。その背徳感が、あの絵を描かせたんだ)

給食のおかずを残す以上、給食の中で贖罪することはできない。どうにかして、贖罪の気持ちを表さずにはいられなかったのだろう。

(あの絵は、残すことが決定しているパイナップルへの贖罪だ。食材への贖罪。あの人物は奴本人に他ならない。あのパイナップルの陰であの人物は……奴は泣いているのだ)

酢豚にさえ、入っていなければ。ただのパイナップルでさえあったなら。いくらそう思っても、パイナップルは「酢豚」として神野の前に現れた。

(給食は、私や奴にとって、学校生活において最も輝きを放つ光だ。その光から、奴は初めて背を向けた)

覆しようのない現実に、神野は何を思ったか。甘利田は思いを馳せた。

(だがその涙を見せるわけにはいかない。身勝手な都合で犠牲になった者たちに合わせる顔など、あるはずがない。それでも、その罪から逃げ出すわけにはいかない)

甘利田の脳裏に、再び神野が描いたパイナップルの絵が蘇る。そんな気持ちが、神野にあの絵を描かせたのだろう。

（……凄まじい給食愛だ。敵ながらあっぱれと言わざるを得ない）

このときの甘利田は、初めて神野に対して「敗北感」以外の気持ちを抱いていた。


放課後の教室。一人残っていた甘利田は考えていた。

甘利田は、子どもの多くが苦手とする酢豚入りパイナップルを含め、すべて完食。対して神野は、罪の意識に苛まれながらもパイナップルを残した。

実際に、いつものような敗北感があるわけではなかった。だが。

（——今日、私は奴に勝ったんだろうか。酢豚にパイナップルを軽々クリアするのが大人の証と息巻いて、おいしさとは別の地平で勝負していたのではないか……）

その事実から導き出されたのは、給食をよりおいしく食べているのはどちらか、という点における勝負。甘利田は、今一度振り返ったとき——胸を張って「おいしく給食を食べた」と言える自信がなかった。

（それは、給食道に反する行為だったのかもしれない）

目を見開くと、甘利田は廊下に出た。そのまま、ある場所に向かって歩き出し——たどり着いたのは、美術室だった。

引き戸を開くと、巨大なカンバスに向かって絵を描いている森山の姿があった。

「あ、甘利田先生」

「さっきの神野の絵ですが」

「やっぱり、何かあるんですか？」

「いや、あれはやはり単なる悪ふざけです」

森山の期待に満ちた目を、甘利田は再び切り捨てる。「そうでしょうか」と少し不満そうに食い下がってくる森山を無視して続けた。

「本人に戻して、私のほうで指導します」

「いや、それは……」

「いいんです。この絵は預かります」

教師用の机に載っていた絵から神野の絵を取り出すと、甘利田は美術室を出ていった。


教室へ戻る途中、甘利田は階段を下りようとする神野と遭遇（そうぐう）した。

「神野」

甘利田に呼び止められ、足を止める。

「写生でお前が描いた絵を見たが、これは写生じゃない。次の美術の時間で描き直せ」

神野は、「わかりました」と答えると、会釈して甘利田に背を向ける。

「――待て」

不思議そうに振り返る神野に構わず、甘利田は丸めた画用紙を差し出した。

「これは、お前が持っていろ」

戸惑いながら受け取った神野の視線が、甘利田を見上げる。

「その絵だが……私は、嫌いではない」

絵と、甘利田を見ると、神野は再び頭を下げた。強く、深く。その勢いのまま、神野は再び階段を下りる。その表情は――だんだんと、明るい笑顔に変わっていった。

甘利田にその表情が見えることはないけれど。

（私は、給食が好きだ。そのために学校に来ているといっても過言ではない。だが、そんなことは決して周りに知られてはならない。ただ心の奥底で給食を愛するのみ）

いつもの信条を、改めて意識する。

（――そんな私と同じ風景を見る男、神野ゴウ。この戦いは、まだまだ続きそうだ）

だがそこに普段と違う感情が潜んでいることに、まだ甘利田は気づいていなかった。

メニュー 四

ワンタンスープと名前の長いパン

常節中学校の朝。授業開始よりも前、一部の生徒だけが登校する時間帯。

音楽室に、その一部の生徒——吹奏楽部の朝練に参加している部員たちの姿があった。

十数人の部員たちが各々の楽器を演奏している。ただし、同じ曲を演奏しているはずなのに音はバラバラで、それぞれ好き勝手にやっているという印象だった。

「……」

その様子を、御園はどこか居心地悪そうに教室の隅で見守っている。

演奏が終わると、指揮担当の黒髪を後ろに束ねた女子生徒——吹奏楽部部長の清水順子が、壁掛けの時計を見上げる。部活の朝練終了時間が近づいていた。

「朝練以上で終わります。起立」

清水が声をかけると、部員全員がその場に立ち、御園のほうに身体を向ける。「先生、お願いします」という清水の声に合わせ、同じ言葉を繰り返し部員たちも共に頭を下げた。

「あの、今日の朝練は甘利田先生の代わりに参加させていただきました」

部員たちの視線が集まる中、御園は改めて部員たちを見渡しながら口を開いた。

「あの、皆さんとても上手だと思いました。あの、ハーモニー？　っていうんですか？　みんなの音が複雑に絡むんで、すごいなと思って……ただもう少し指揮者との呼吸を合わせれば、もっとよくなるかなぁって……」

そこまで言うと、部員たちは周りの部員たちと顔を見合わせる。御園からの提案に、あまり乗り気ではないのが何となく伝わってきた。

「……御園先生は、前の学校で何か部活の顧問してたんですか？」

そんな雰囲気の中、話題を変えるように清水が尋ねた。

「バレー部の顧問でした」

「バレーボール、やってたんですか？」

「やってなかったので、必死でルールブックを読みました」

「これからは、御園先生が顧問になるんですか？」

「いえいえ。顧問は甘利田先生のままです。今日はたまたま頼まれて。甘利田先生はご指導されるんでしょ？」

「甘利田先生はほとんど来ません」

清水は即答だった。特にそれを気にしている様子もない。

「そうなの？」

「でもあの……私ら大丈夫なんで」

少し笑って続ける清水。他の部員たちも同じ感じで、困っているようには見えない。

「あ、そう」

「気を付け、礼」

御園が思わずそう返すと、清水の「ありがとうございました」に合わせて、部員たちは再び頭を下げた。そのまま何事もなかったように片づけを始める部員たち。

困った笑みになってしまったのは、むしろ御園のほうだった。


朝のホームルームを迎えた、一年一組。

教師側の連絡事項や、生徒からの報告などを御園が先導して進めていた。

「他に報告することとありますか？」

いくつかの話が済んだ後、御園が教室全体に声をかける。すると、桐谷が手を挙げた。

「先生、児島くんが後ろから色んなもの投げてきて、みんな迷惑しています」

「俺じゃねーよ、証拠あんのかよ、証拠」

すぐ後ろの席にいる児島が笑いながら否定すると、桐谷は振り返って睨みつけた。そのまま児島と口論を始めそうになるのを、「静かに！」と御園が注意する。

「投げた生徒は、あとで私か……」

言いながら、自席でホームルームを見守っている――はずの甘利田に視線を向ける。

現状に興味がないとばかりに、甘利田は「……ふぁあ」と大あくびをしていた。

「私に、報告してください……他には、何かありますか？」

　すると、君山が辺りをうかがい、迷うようにゆっくりと手を挙げた。

「はい、君山さん」

　指名され、君山は立ち上がる。

「あの、いつも前が見えません」

　弱々しくそう口にした瞬間、教室中に生徒たちの笑い声が響いた。

　君山の席の前には、背が高く、横幅もある男子生徒――大山陽一郎（おおやまよういちろう）が座っていた。給食に出た牛乳キャップを集めるのが趣味という変わった生徒だ。

「あ、そこね。大山くんと席替わったほうがいいかもね」

「そこだけなんて不公平だろ。全体で席替えしようぜ」

　御園の言葉に、児島がさも当然とばかりに提案した。すると藤田と高橋、それ以外のところからも同調する声が上がり、教室全体が盛り上がっていく。

　焦った御園は再び甘利田に視線を送るが――甘利田は腕組みをして居眠りしていた。

　教室はどんどん騒がしくなり、収拾がつかなくなりつつある中。

「そうしたら給食の班も変わるしさー」

　どこからともなく聞こえた声に、甘利田の目が突然開いた。居眠りからの覚醒（かくせい）のため、足が机にぶつかり、ガタンと大きな音を響かせる。

その瞬間、騒ぎが大きくなっていた教室がしんと静まり返った。

「……あ、じゃあちょっと検討しますね。では、ホームルーム終わります」

良いタイミングと踏んだ御園が、そのまま話をまとめるのだった。


一時間目の授業が終わり、甘利田は職員室に戻って来た。授業に入った教師もいれば、次の授業の準備をする教師の姿もある。甘利田は自席で献立表を眺めていた。

今日の献立表には「ワンタンスープ」「パン」「牛乳」「白身魚のフライ」「タルタルソース」「ポテトサラダ」の文字がある。

（今日の給食は、ワンタンスープと白身魚のフライ。うん。なかなかのラインナップじゃないか。またしても中華が入っているが、そこは広大な大地の料理。どれも全く違う表情を見せてくる。どれだけ続いても苦にならない）

そこへ御園が授業から戻って来た。甘利田の隣の自席に座った。

（改めて恐るべき中華料理。四〇〇〇年の歴史は――）

「甘利田先生」

その声に、慌てて献立表を裏返す。献立に夢中だった甘利田は、御園の声が強い意思を宿していることに気づいていなかった。決意に満ちた表情で、御園は続ける。

「学級通信の発行数、増やしませんか？」

慌てた甘利田から思わず出た「は？」という声が、やたら裏返った。

「今ってどのくらい出されてます？」

「あー……どうでしたかね」

もちろん、正確な学級通信の発行数などわかるはずもない。むしろ興味すらない。

「私、前の学校ではほぼ毎日書いてましたけど」

「毎日？」

「はい」

「へえ」

「私が書いてもいいですか？」

「どうぞ」

そこで話は終わったとばかりに、甘利田は再び献立表を見つめ始めた。再び頬が緩み始めている。「……そうですか」と返した御園は、それを見て眉間に皺を寄せた。

「先生、ちょっとひどくないですか」

我慢ならないとばかりに声を上げる御園。おどおどしていた赴任したての頃には想像もできないほど意思の強い言動に、思わず献立表から顔を上げる甘利田。

「なんですか今日は、わいわいと」

「吹奏楽部の朝練、ほとんど行ってないって本当ですか？」

「はい」

「ホームルームで席替え案が出ましたけど、あれどうするんですか？」

「先生が検討するんでしょ」

「検討しますよ。でも、私は副担任です。担任は先生じゃないですか」

「はい」

「吹奏楽部も顧問は先生ですよね」

「はい」

「ちょっと無責任じゃないですか」

まったく悪びれず返事をする甘利田に、御園は遠慮も我慢も忘れて切り込んだ。

「だって先生、やりたそうだったじゃないですか」

甘利田は動じず、そのままの態度でさらりとそう返してきた。だがそれが図星だったのか、「何を、ですか」と一気に御園の勢いが弱まる。

「何かやってないと、落ち着かないんじゃないですか」

ろくに言い返すこともできず、結局御園は口を閉ざした。

「だから、あえて、お任せしてます」

いつも通り、本心の読み取れない淡々とした口調の甘利田。

甘利田の給食好きは、御園も薄々気づいていた。それどころか、単に給食が好きなだけではなく、そのためだけに学校に来ているのでは、というところまで。だからこの甘利田の発言も、面倒なことを押し付けようとしているだけ、に見えなくもない。

「……いいんですね。わかりました」

だが御園は、「思う存分やる」ことを選んだ。

生徒が誰もいない一年一組の教室。現在彼らは体育の授業中で体育館に移動していた。

ただ一人、御園は教卓で自作した座席表に書き込んでは消しゴムをかけ、を繰り返していた。かと思えば実際に生徒の席に移動して座り、黒板の見え方を確認している。

「身体の大きい大山くんは、ここかな。児島くんたちは離したほうがいいかな……」

どうやら席替えについて「検討」しているようだ。だが結局教壇に戻った御園は、「これでよし！」と言えるような座席表にはならなかったようで、難しい顔をしている。

すると、教室の引き戸が突然開け放たれた。中に入って来たのは、神野だった。

「あれ、今体育じゃないの？」

驚きつつ御園が声をかけると、体操着姿の神野は「ああ、はい」と短く返した。

「どうしたの？」

「ドッジボール、頭に当たって」

心配そうに「え、大丈夫？」と声をかける御園だが、神野は平然としていた。

「大丈夫なんですが、大丈夫じゃない感じで戻ってきました」

「なにそれ？」

神野がしれっと言うのを聞いて、御園の表情は心配から不思議そうなものに変わった。

神野は答えるつもりはないようで、そのまま自分の席に戻ると着替え始める。

御園は教室内を歩きながら、着替える様子を視界に入れないようにしつつ表の続きを考えていた。

神野が着替え終わって席に座ったのに気づくと、御園は神野に声をかけた。

「……ねえ、神野くんは、席替えしたいと思う？」

「気にしたことありませんでした」

淡白な反応に、御園は「そうなんだ」と小さく呟くと、再び座席表に目を落とした。


午前中の授業の疲れを癒し、空腹を満たしてくれる時間――給食。

緊張もなくなり解放感いっぱいの配膳を終え、校歌斉唱も終了。教室全体に「いたーだきます！」の声が響き渡り――給食の時間が開始された。

甘利田はメガネを外して、トレイの上のメニューをじっくり見つめている。

いつもの牛乳とコッペパン、タルタルソースの小さな袋は直接トレイに載っている。さらに少し形の残った、しっとりしたポテトサラダがアルマイトの器に盛られていた。

トレイの中で、一番甘利田の興味を引いていたのは——

（今日のメインは……どっちだ？　人気度でいったらワンタンスープだが、ボリュームでいったら白身魚か）

白く瑞々しいワンタンにたくさんの野菜が浮かんだスープと、カラッと揚がった薄い小麦色の衣の下に、切り身の白が透けて見える白身魚のフライ。

迷った末に、甘利田は白身魚のフライを先割れスプーンで一口サイズにして掬い上げる。

（白身魚のフライという漠然とした表記。だが私は知っている。これはメルルーサという名前のタラの仲間、深海魚だ。名前の響きが何となくカッコイイ。ロボットアニメのフィッシュブローのようだ）

わざわざ「具体的な魚の名前」を調べたらしい。

（だが、お世辞にも食欲がそそられる名前ではない。メルルーサは給食用に選ばれた安価な輸入魚だ）

そのままに、甘利田は白身魚（メルルーサ）のフライを口に入れた。

（まずはそのまま食べる。うん、作ってから時間が経っているはずなのにこのサクサク感。

相変わらずいい仕事をする）

今度はトレイに載っていたタルタルソースの袋の封を切ると、白身魚（メルルーサ）のフライに少しつけた。

（そう……私はこのときを、ずっと待っていた）

脳裏に蘇るのは、コッペパンに鯨の竜田揚げやキャベツソテーを挟み、タルタルソースをかけたパン――鯨の竜田揚げサンドを、甘利田をしっかり見ながらおいしそうに食べていた神野の姿だった。

（タルタルソース……以前奴が鯨の竜田揚げのときにかけているのを見てから、いつも私の頭の片隅に、タルタルソースがこびりついて離れなかった。だがそれも、今日までだ）

そんな思いと共に、タルタルソースのかかった白身魚（メルルーサ）のフライを頬張る。

脂が少なく淡白でありながらも、魚の旨味を感じさせる白身魚（メルルーサ）。マヨネーズの柔らかな酸味、玉ねぎの微かな辛味とシャキシャキの食感。それらが相まって、揚げ物だと重くなりがちな口当たりをまろやかにしてくれていた。

（ああ、これだ、こびりついていた悔しさが浄化されていく……鯨とは違うシンプルな味わい、このミニマルな旋律もまた、心地好い）

白身魚（メルルーサ）のフライを堪能した甘利田は、次はワンタンスープの器に手を伸ばして啜る。口いっぱいに広がる鶏ガラの旨味が、タルタルソースのかかった白身魚（メルルーサ）のフライの後味を拭い去っていく。

（『雲を呑み込むお湯』と書いてワンタンスープ。雲を食べると縁起がいいからとか、食感がふわっと雲を摑むようだからだとか、諸説あるがさておき……美味い）

スープを楽しむと、再び先割れスプーンを持ち、スープの他の具を端に寄せる。

（ワンタン……これが具になければこのスープは、メルルーサに主役の座を完全に奪われていたに違いない）

器には、中華スープの茶色がしみ込み柔らかくなったワンタンが浮かんでいる。

（これだ、このほぼ溶けかかっているワンタン。こいつが大事なんだ）

力がこもって震える手で先割れスプーンを握り、ゆっくりワンタンを掬い上げる。

（先割れスプーンでこの脆弱なワンタンを掬い上げるのは緊張する。とにかく滑るので、途中で落っこちて服に撥ねるのも避けたい）

掬ったワンタンを、慎重に慎重に口元に運び、先割れスプーンが口に触れた瞬間――ジュルッ！　と吸い込むように一気に食べた。中華スープをしっかり吸ったワンタンの皮が、具材の豚の脂もさっぱりした味わいに仕上げてくれる。

（口元まできたら、一気にジュルッと、この食感がまた心地好い）

ワンタンを堪能し飲み込む、今度はコッペパンに手を伸ばした。ひと口大にちぎったパンを口に放り込むと、すでにキャップを外しておいた牛乳を飲む。

（いつものパン、いつもの牛乳。その安心感、そのありがたみ……相手が誰であろうと、頑なに君臨するパンと牛乳のレゾンデートルはコミュニケーション手段なのだ）

コッペパンの本当にほのかな甘みを、牛乳の甘みと水分が増強する。しばし食休みとばかりにコッペパンと牛乳で、今までのおかずたちで楽しんだ口内を落ち着かせた。

（自分調べだが、同窓会における給食の話題ベスト三は、牛乳飲めない奴がいた、牛乳拭いた雑巾が臭い、パンが食べきれない、の三つ。それほどこの二アイテムは、学校給食の思い出アイコンなのだ）

自分調べとは。以前の同窓会で会話を盗み聞きしたのかもしれない。給食を愛することを他人に知られたくない甘利田が、自分からこの話題を元同級生に振るはずもない。

ふと、甘利田は神野にちらりと視線を向けた。

（……朝、献立を見た時から私は気になっていた。奴は、今日、どう出るのかと。普通に考えたら鯨の竜田揚げのときのように、メルルーサをパンに挟み込む方法だ。だが、奴に限ってそんな二番煎じをしてくるとは思えない、必ずもう一捻りしてくるはずだ）

そう確信する甘利田だが、神野にはまだ目立った動きはない。

（いや、ダメだ。奴に気を取られ給食を楽しめなかったら、本末転倒だ）

甘利田は慌てて視線を自分のトレイに戻し、再び食べ始めた。

（……いざ！）

再度メルルーサのフライに手をつけ、スープを啜り、ワンタンをジュルっと食べた。

その時、甘利田の手が止まった。

（ポテトサラダの存在を忘れていた……すまない、ポテトサラダ。今日の二大おかずを前に、冷静さを欠いていたようだ……）

手をつけられていなかったポテトサラダを、先割れスプーンで掬い、口に入れる。

しっかり茹(ゆ)でられて柔らかくなったじゃがいも。潰されたことでしっとりした口当たりになり、塩味の効いたじゃがいものほのかな甘みが、甘利田の舌を楽しませる。

（この滑(なめ)らかさだけでなく、たまに形が残っているじゃがいもの食感がまた楽しい）

改めてポテトサラダの魅力を堪能すると、再びコッペパン、牛乳、そしてまたメルルーサのフライ、ワンタンスープ、と繰り返し順序良く平らげていく。

ここからはもう、決して休むことはない。ただただ手を動かし、口を動かし、飲み込む喉を動かしていく。だが決して速度を出そうとしているわけではなく、その一手一手を、しっかり味わい、嬉しそうに食べ進めていった。

最後に牛乳を飲み終わると、瓶をトレイに置いた。少しの食べ残しもなく、空っぽになった器たちを視界に入れながら、勢いよく椅子の背もたれに倒れると目を閉じた。

（……ごちそうさまでした）

食後の満足感をじっくり堪能すると、甘利田は目を開けた。

視界には、動きを見せた神野。甘利田はぎょっとしてメガネをかけつつ身を乗り出す。

（あいつ！）

神野は、溝を入れてあるコッペパンにメルルーサのフライを挟んで食べていた。

（ぜんっぜん、一捻りしてねえ！）

甘利田の壮大な内心でのツッコミなど知る由もなく、神野はメルルーササンドを平然と食べていた。甘利田は怒りや悲しみにも似た、裏切られたかのような顔で見つめる。

（それは俺もすぐ思いついたぞ！　それでいいのか！　どうした！　おまえはこんなもんじゃないはずだ！）

罵（ののし）っているようで、期待していたからこその熱い想いを内心で叫ぶ甘利田だったが
――

（……ん？）

よく見ると、メルルーサのフライもコッペパンもあと半分、残っていた。

（なんだ？　単品でも楽しもうってハラか？）

神野は半分のコッペパンを手に取ると、自分を見ている甘利田にちらりと視線を向けた。

（見てないぞ！　お前のことなんてちっとも見てないぞ！）

初めて自分が目を離せなくなっていたことを自覚し、一瞬顔を背（そむ）ける。だが結局、また神野のほうを向いた。

神野は、半分に分けておいたコッペパンにポテトサラダを突っ込んでいる。

（ポテトサラダを入れているのか……ポテサラサンド……）

神野が再び甘利田を見た。勢いよく顔をそらす甘利田。コントみたいな動きだった。

（奴は、俺が意識しているのを見透かして……弄んでいるのではないか）

さらに視線を神野に戻し、動向をうかがう——と、甘利田は目を見張った。

ポテトサラダを詰め終わると、詰めたばかりのポテトサラダの上にタルタルソースを塗っている。そこに、予めほぐしておいたメルルーサの中身を、コッペパンに詰まったポテトサラダの上に伸ばしながら載せていく神野。

（ポテサラサンドなどではない……あれは……魚と芋でサンドイッチのタネ……ポテトメルルーササンドを作ったというのか！　長い！　名前は長いがうまそうだ！）

内心で感嘆する甘利田をよそに、神野はポテトメルルーササンドを嬉しそうに頬張る。

合間に牛乳を飲みながら、どんどん食べ進めていく。

（やはり一捻りがあった。二種類のサンドを初期段階から想定してやがった。素材の味を十分生かし、揚げたメルルーサの食感も楽しめるシンプルメルルーササンドと、ポテトサラダ、タルタルソース、メルルーサを和えてパンと一緒に食べる、ポテトメルルーササンド、いや、ポテサラに入っている卵や玉ねぎも計算に入れてるはずだ、言うなれば、エッグ・ポテト・オニオン・メルルーササンドではないか。なんて長くてうまそうな名前なんだ！　私にも食わせろ！）

ポテトメルルーササンド改め、エッグ・ポテト・オニオン・メルルーササンドを満足そうに食べ続ける神野に、羨ましさと悔しさが込み上げてくる。

（サイドメニューを大胆に使用してくるとは……まだまだ私は、全体を俯瞰で見れていないということか……）

手を合わせ「ごちそうさまでした」と呟いた神野の給食は、今終わった。

その清々しい顔を見た甘利田は。

（また……負けた）

いつものような敗北感と共に——ふと何かを思い出す甘利田なのだった。


放課後。甘利田は音楽室までやってきた。廊下にまで響く吹奏楽部のバラバラな演奏を聞きながら、音楽室の扉を開けた。

「！」

教室の隅で部員たちを見ながらメモを取っていた御園が、突然のことに目を見開いた。

部員たちも驚きから顔を見合わせつつ、演奏を続けている。

甘利田は御園の隣に立つと、目を閉じた。演奏をきちんと聴いているようだ。

「甘利田先生」

部長の清水が気づくと指揮の手が止まり、自然と演奏も止んだ。

甘利田は「続けろ」と促すが、御園は部員たちと甘利田を交互に見ながら口を挟む。

「あ、でも、せっかくいらしたんですから……何か一言。ね？」

「はい」

御園がそう言い添えると、清水は「起立」と号令をかけ、部員たちも従う。

甘利田たちの方を向くと「お願いします」と清水と部員たちが一礼する。

全員が顔を上げると、甘利田はおもむろに口を開いた。

「前にも言ったように、私は吹奏楽部の顧問だが、吹奏楽のすの字も知らんし、正直興味すらない」

潔いまでのバッサリ具合に、音楽室内はシーンと静まり返った。

「そんな私でもわかる。お前たちがヘタクソだということが」

「ちょっと……！」

さらなる甘利田の無神経な発言に、御園は慌てて口を挟もうとした。

だが、部員たちから「フフフ」と笑う声がした。御園は驚きで口を噤んで部員たちを見渡すが、誰一人として、傷ついたり悲しんだりしている様子がない。

「つまり、ヘタクソでも楽しければいいと割り切ってやっている、ということだ」

呆然とする御園を尻目に、部員たちは顔を見合わせて笑っている。

「好きなものを、あーしろこーしろと邪魔するのは無粋だ。だからヘタクソでも楽しければいい、そういう部活もあっていい」

相変わらず淡々とした口調の甘利田の言葉に、部員たちは揃って「はい」と返事をする。そこには、彼らの間にすでに存在する「共通認識」を確認するような気配があった。

「……」

御園は、まさか部活に滅多に来ない甘利田と部員との間に、ここまできちんとした共通認識があるとは思ってもみなかった。呆然とその様子を見つめるしかできない。

「ただ、お前らはまだ子どもだ。もう少し俯瞰して見てくれる人が必要かもしれない。もう少し上手くなったほうが、もっと楽しいはずだからな」

口調はそのままに、甘利田はそう付け加える。

自分や部員たちの考えを踏まえた「共通認識」を、甘利田は今一度見直し、新たな考えを口にしていた。淡々とした語り口が、むしろ新たな可能性への後押しを感じさせた。

「ということで、今日から顧問は御園先生になる」

「え?」

「と、いうことですから」

御園の呼び止めにも応じず、甘利田は音楽室を歩み去っていく。その背中を、部員たちは「ありがとうございました」と揃った声で見送る。

慌てた御園は「ちょっと練習してて」と言い残し、甘利田を追い音楽室を飛び出した。

「甘利田先生！」

背中に向かって声をかけると、甘利田は軽く振り返りながらも歩き続ける。

「いいんですか、勝手に顧問代えたりして」

「本人が良ければOKでしょう。嫌なんですか？」

「嫌では、ないですが」

「だったらお願いします」

ハッキリ言う甘利田に対し、御園は不安そうに表情を歪(ゆが)めながら足を止めた。その様子に気づき、甘利田もようやく足を止める。

「どうしました？」

「……なんか……でも……私、自信ありません」

「これは驚いた。何でもござれの御園先生らしくもない」

学級通信を毎日自分で書くと言ったり、席替えの検討をすると言ったり、御園も「知らないことを知ろうとする」「その上で人に教える」ということにはある程度、自信があったはずだ。だが今の御園には、その自信が欠片も見えない。

少し煽るようにも聞こえる甘利田の言葉に、反論すらしなかった。

「生徒の自主性を大切にしながら、俯瞰で見るなんて……私、できないんです。そのことが、よくわかりました」

少し考えてから、御園はさらに続ける。

「私、どうしても無理しちゃうんです。それしかできないんです」

知らないなら知ればいい。できないならできるようになればいい。そう思って手あたり次第にやっていたら、どこかに綻びが出るのは当然の話で。

「前の学校でも……やりすぎてました。生徒の気持ちが一番だと思って干渉して……そしたら、生徒たちは鬱陶しいって思ってたことがわかって」

そしてそれは、大事にするべき生徒に悪影響を及ぼしてしまうこともある。

「私は、先生みたいにできないんです」

生徒の様子を見て方針を決めていた甘利田。普段は給食のことばかりで不真面目に見える甘利田が、このときばかりは御園の目にもしっかり「教師」として映っていた。

「買いかぶりです」

「今日の昼間、神野くんに言われました」

不思議そうな顔をする甘利田に、御園は一年一組が体育だったときの話を始めた。

「――先生、頑張りすぎです」

まっすぐな神野の言葉に、そのときの御園は何も言えなかった。

「席替えしなくていいのは、甘利田先生が決めてくれた席がいいからです」

「決めてくれたって……くじ引きで決めたんだよね」

「甘利田先生が、少し入れ替えてます」

「そうなの？」

「児島くんに対しての抑止力として、口のうるさい桐谷さんを真ん中に配置してます」

注意したところでモノを投げるのをやめない児島の前に、発見すれば必ず訴えてくる桐谷を配置することで、回数を最低限に抑えさせている――ということらしい。

「同時に、給食を食べるのが遅くてクラスから孤立しそうな君山さんを、桐谷さんの隣に配置して、ちょっかい出しづらくしています」

甘利田は、君山が給食を食べるのが遅いことにも気づいていた。給食費をなくしたと君山が言ってきたとき大事(おおごと)にしなかったのは、甘利田なりに配慮していたのかもしれない。

「そこまで考えて……」

信じられない思いで呟く御園。

「御園先生は頑張ってます。でも……ある程度、ほっといて欲しいときもあります」

自分に足りないものを自覚した御園は、そのまま何も言えなくなってしまっていた。

「……一日で、二回同じダメ出しを食らいました」

神野と話したことを説明し終えた御園は、力なく笑った。そんな御園に歩み寄る甘利田。

「それは……ダメ出しでは、ないですね」

甘利田からの返答に御園は「え？」と首を傾げる。

「私も神野もダメを出してるんじゃないです。むしろ我々の方が一生懸命さに欠けるダメ人間です。頑張ってる人がダメ人間の言うことを真に受ける必要は……ない」

「そんなこと、言われても」

「ただ……先生は、楽しんでない」

力なく返事をする御園に、甘利田の言葉は妙に強く響いた。いつも通りの、淡々とした何を考えているかわからない口調なのに——

「それだけです」

ただ、今この瞬間だけは——その言葉が、とても力強く、頼もしく御園には感じられた。

すると音楽室から再び演奏が響いて来た。二人は音楽室の方を向き、聞き耳を立てる。

相変わらずバラバラな演奏に、御園は思わず噴き出した。

「笑っていいんです」

その瞬間、甘利田は笑う御園にそう言い切った。微かに笑い「はい」と頷く御園。

「顧問、頼みます」

「わかりました」

頭を下げた甘利田に、御園は力強くそう答えると音楽室に戻っていく。甘利田もそのまま廊下を進もうとしたが――窓の外に、神野が下校する姿が目に入り足を止めた。

（そう、奴は無理をしない。与えられた環境の中で、可能な限りベストなものを生み出し……楽しんでいる）

鯨の竜田揚げをコッペパンに挟み、タルタルソースをかけたあのパンをおいしそうに食べていた神野の姿を見てから、甘利田は何度もその姿を見せつけられてきた。

（そして私は、奴のそういうところがたまらなく――）

こっそり拳を握った甘利田は、力を込める。

最初はただ「大人として」や「給食に異物を持ち込むのは異端」という思いから対抗していた甘利田だったが、最近ではそれだけではない気持ちが芽生えていた。

（――いまいましい！）

甘利田自身に、その自覚はなかったが。

そのまま校門を出て帰っていく神野の後ろ姿を見送りながら、甘利田は思う。
（私は、給食が好きだ。奴との闘いはまだまだ続く）
気持ちを新たに、改めて廊下を歩んでいくのだった。

メニュー五

危険な果実　冷凍みかん

じりじりと焼けつくような日の光が、容赦なく降り注ぐ夏。太陽の光は所かまわず気温を上昇させていく。

　この日、生徒たちは多目的室に集められていた。屋外で直射日光を浴びるよりはマシとはいえ、大人数が固まって座っている室内の温度もかなり高い。

　多目的室の黒板には、「交通教室」の文字。その隣には「常節署交通課」「益子巡査」と、所属と名前が順に並んでいた。

「今日は皆さんお馴染みの信号機について、先生たちにお手伝いいただきながら勉強して行きます」

　そう全体に声をかけたのは、青と白の警察帽を被り、青を基調とした警察官の制服に身を包んだ女性——益子だ。

　黒板の前の椅子に座る益子の膝の上には、子どもサイズの人形が載っている。紺色のキャップを逆向きに被り、ジーンズのズボンに、黒い靴を履いている。

「では始めさせていただきます」

　教室の窓側に座っている教師陣——甘利田、御園、渡田、そして爽やか好青年でプロテインを愛する体育教師・鷲頭星太郎が拍手すると、それに倣って生徒たちも拍手した。

準備が整い、益子は人形と向かい合うような体勢を取った。

「太郎（たろう）くん、信号の色の意味ってわかる？」

少し大げさに、幼い子どもと話すように声をかける益子。

「バーカにしないでよ、僕もう中一だよ？　知ってるに決まってるよ」

目と口をパクパク動かしながら、高い声でちょっと生意気そうに返す太郎くん。腹話術（ふくわじゅつ）なので益子が喋っているのだが、彼女の口は動いておらず、見事に太郎を演じきっている。

「ふーん、じゃあ青色は？」

益子が太郎に尋ねると、鷲頭が立ち上がって益子たちの隣まで歩み寄る。持っていた色の薄い青りんごを、笑顔で生徒たちに向けて差し出した。

「青はー、進め！」

太郎として、得意げな調子で答える。すぐに益子は困り顔で返した。

「って、思ってる子、多いのよねぇ」

益子は太郎ではなく、生徒たちに顔を向けて語りかける。そしてすぐ太郎で「え、違うの？」と返事をする。一人二役は忙しい。

「正確には、進むことができる、なの」

「……同じだと思うけど」

太郎が不満そうに口にする。少し声が低くなっていて、芸が細かい。

「青信号は進むことができるだけで、できないときはしてはダメです。青信号の先が渋滞で、もし進んでしまったら交差点内で停止してしまうでしょ」

ここまでは太郎と顔を向かい合うようにして話す益子。益子が話しているときは、聞いていることを示すように太郎に瞬きさせていた。

「皆さんも、覚えてくださいね。青信号は進め、ではなく、進んでも良い」

生徒たちに向けてにこやかに語りかける益子。だが生徒たちは、各々下敷きをうちわにして扇ぐばかりで、反応は薄い。話に納得がいかないのか、暑くてどうでもいいのか。

反面、教師たちはニコニコしながら益子の話に頷いていた。甘利田を除いて。

(進めと進んでも良いの違いは、取り締まる側と取り締まられる側の目線の違いだ。青だったら進むのを許すという、心地好いまでの上から目線)

相変わらず無愛想な顔で皮肉たっぷりにそんなことを思う間も、益子の話は続く。

「じゃあ太郎くん、赤は?」

益子が太郎に語りかけている最中に、御園が立ち上がって鷲頭の隣に並び——今度は、赤いりんごを生徒たちに向けた。太郎は少し迷う素振りを見せながら答える。

「そういうことでいうなら……じゃあ、止まってもいい?」

「ブッブー。赤は止まれ」

「なんで？　青が進んでもいいなら、赤は止まってもいい、でしょ？」

瞬きと手振りで不満をあらわにする太郎。

「赤は絶対なの。絶対に止まらなきゃダメ」

「なんかずるいよ」

「不幸な事故が起きないようにするためのルールなの。皆さん、しっかり覚えてください ね」

再び生徒たちに向けた益子の言葉に対し、少し遅れて「はーい」と力なく返事をする。

「では、黄色は？」

ただでさえ険しい表情の甘利田の眉間に、さらに皺が寄った。嫌々立ち上がって準備していたものを持って移動し、御園と鷲頭の間に立つ。

やる気なく片手で生徒たちに提示したのは、リンゴより二回りほど小さなみかん。その横で、太郎が難しそうに声を上げる。

「そうなると難しいなー。注意しろ、だと思うんだけど」

「そうよね。注意って教わったわよね」

そこまで言うと、益子は再び生徒たちに顔を向ける。

「でも中学生になったら、正確に覚えてほしいの。黄色信号の意味は止まれ、なの」

「ええ！　それじゃあ赤と一緒じゃん！」

動揺を示すように手を動かし、目をぱちくりさせる太郎。

「そうなの。本来の意味は、赤も黄色も止まれ。でも人はすぐに反応できないから、赤に変わる間に危険を知らせる時間を作っているの。それが、黄色。黄色で止まれるなら、止まらなきゃダメなの。皆さん、わかりましたか?」

少し遅れて、「はーい」と生徒からの気のない返事が上がる。だが益子も教師たちも、無事終わることができそうだからか、満足げだった——甘利田を除いては。

するとと突然、生徒たちの中から手が挙がった。神野だった。

「あの、いいですか?」

「はい、質問ですね。どうぞ」

挙手の意図を理解した益子が、再び笑顔で神野に許可を出した。同時に、神野はその場に立ち上がる。

「黄色でみかんは、どうなんでしょう」

「……はい?」

「黄色なら、レモンあたりがいいかと思いました」

静まり返る多目的室。ジージーと蟬(せみ)の声がやけに大きく聞こえる。益子が「そこ?」と力のないツッコミをすると、太郎が同意を示すようにパチパチ瞬きする。

(……私は、この生徒が苦手だ)

内心で、いつもの神野に対する印象を呟く甘利田。

微妙な沈黙が続く中、神野の視線がゆっくり甘利田のほうに向いた。甘利田と視線のあった神野が、小さく、だが力強く頷く。

(――だが、その意見には同意だ！)

それに応えるように、甘利田も小さく頷き返していたのだった。


室内が暑ければ、当然屋外も暑い。蟬の大合唱がさらに間近に聞こえる校庭には、太陽の光が容赦なく照りつけている。そんな中、甘利田、御園、渡田、鷲頭は交通教室を終えた益子を見送りに来ていた。

大きな肩掛けカバンから太郎の頭を飛び出させながら、益子の背中が遠ざかっていく。

「今年もよかったですね、交通教室。青は進んでも良い、だったか」

渡田は笑って頷いているが、首の汗をハンカチで拭う御園は、少し不満そうにしていた。

「何々しても良いという言い方は……生徒にどう受け止められるかちょっと心配です」

渡田は「はい？」と応えつつ、日の光から守るためにハンカチを頭に載せた。

「あの話だけだと、人は基本何をするのもダメで、特別な許可がないと何もできないという発想になりかねないいんじゃないかって」

「またそんな極論を」

御園が「ですけど……」と食い下がるのも意に介さず、渡田は扇子で扇ぎつつ笑う。

「極論ですよ、それは」

渡田に念を押すように繰り返し言われ、それ以上何も言えなくなる御園。

「……それにしても」

代わりに、甘利田が口を開いた。御園を向いていた渡田が、「はい？」と甘利田を見る。

「黄色信号にみかんはない」

甘利田の言葉に、渡田だけでなく、御園、鷲頭もきょとんとした。

「みかんは……危険な果実ではないです」

それだけ言い切ると、甘利田は一人校舎に向けて歩き出した。「あ、先生」と声をかけつつ、引き揚げるタイミングと見た渡田も甘利田を追っていく。

御園と鷲頭がその場に残された。

「……なんですか、あれ」

ずっとやり取りを見守っていた鷲頭が、甘利田を見送りながら御園に話しかけてきた。

流れる汗を拭きながら、「……さぁ」としか返せない。

「あの人も黄色信号はレモンってこと？」

「……わからないです」

「俺なーんか違うなぁ。だってレモンって、楕円形じゃん」

御園の前で、両手の人差し指と親指を使って楕円形を作って見せながら力説する鷲頭。

何と言えばいいかわからないという顔で御園が黙っていると、チャイムの音が響いてきた。


職員室に戻った甘利田は、今日も今日とて献立表を見つめながら、止まらない汗をハンドタオルで拭っていた。

献立表には、コロッケ、ポタージュスープ、コッペパン、マーガリン、牛乳、そして。

（今日の給食は、この暑い日の最高のご褒美……待ちに待った冷凍みかん！）

嬉しさに頬が緩むのを止められない甘利田だった。

するとそこに、カラカラと謎の音が響き渡った。思わず緩んだ頬を引き締める甘利田。

謎の音の原因は御園だった。自席に戻って来た御園の身体には、大量の水筒があらゆるところからぶら下がっていた。

その異様な様子に驚いた鷲頭が、御園の席までやってきた。

「御園先生、何ですかその水筒」

「今日から、生徒たちの水筒ＯＫになったんですけど……教室暑いんで、すぐぬるくなっちゃうから預かってきたんです」

「え、どうするんですか？」

「職員室の冷蔵庫に保管しておいてあげようかと」

「や、そんなに入りますかね」

鷲頭が少し心配そうに、御園が抱え直す水筒を見る。言われて初めて思い至ったらしい御園だったが「……やってみます」と答えた。意思は固いようだ。

そのまま移動しようとした御園を、甘利田が立ち上がって呼び止めた。

「その、銀色のは何ですか？」

数ある水筒の中で、腕に引っかけている水筒だけ少し様子が違う。コップがフタになる重いタイプとは違い、フタを開けるとストローが出てくる口が細いタイプのものだ。

「スポーツドリンクじゃないですかね」

「スポーツドリンクって、あの甘いやつですか」

「ああ、ちょっとフルーツっぽい」

「それは、アリなんですか」

「え？」

「……水筒は麦茶と決まっていると思っていました」

御園と甘利田の会話に、鷲頭が笑って口を挟んできた。

「いや先生、それは古いですよ。夏は塩分もいるんですから」

さも当然のように言い切る鷲頭。同意を得るように鷲頭から視線を向けられた御園も、甘利田が何に引っ掛かっているのか理解できない様子だった。

「……そうですか」

腑に落ちないのを隠そうともせず、甘利田は自席に座り話を打ち切った。


教室に戻った一年一組の生徒たちは、自分の席についても変わらず下敷きを団扇にして暑さを凌いでいた。

「僕は、青信号の進めと進んでも良い、の違いを知りませんでした」

甘利田と御園は黒板前に立って、今日の交通教室の感想文を聞いていた。発表しているのは、佐々木博という生徒だった。よく児島たちにからかわれている。

「ですが、今日一番気になったのは、神野くんが言った黄色はみかんよりレモン、というところです」

御園は予想外なところに話が進んだからか戸惑いながら聞いている。だが甘利田は何か考えごとをしていて、あまり発表を聞いていないように見えた。

「僕も一つ疑問があります。青信号の青は、どう見ても緑信号なんじゃないかということです。お母さんに聞いても、そういうことになっているんだから、としか言ってくれませんでした。せっかく警察の人が来てくれたので、質問すれば良かったと思いました」

読み終わって佐々木が席につこうとすると、児島が下敷きで扇ぎながら「ばーか」と笑って野次を飛ばす。それに同調して、他の生徒たちからも笑いが起きた。

佐々木を茶化すようなクラスの雰囲気に、御園が助けを求めて甘利田を見る。だが甘利田に反応はない。クラスの様子と甘利田を交互に見ながら、御園は見かねて口を挟む。

「た、確かに……あれは緑だよね。佐々木くんの言っていることは間違いじゃないと先生思います」

しどろもどろながら庇う御園に、佐々木は得意そうに口の端を上げて笑った。


休憩時間。職員室横には、流しや食器置き場などがある給湯室がある。

御園は流しの脇に置いたタライに氷と水を入れ、預かった水筒を沈めて冷やしていた。氷はかなり大きく、冷凍庫で作ったものではなく買ってきたものだとわかる。

「生徒にサービスするのは結構ですが」

壁にもたれハンドタオルで扇ぐ甘利田が、厳しい口調で話しかける。

「全校生徒の水筒は預かれませんよ。不公平感が否(いな)めない」

「今日は特別暑いんで希望者だけ」

「一組の水筒は冷えてるが二組三組は冷やしてもらえないなら、正当な理由が必要です」

言い訳っぽい言い方になる御園の言葉を遮るように、早口でまくし立てる。だが暑さのせいか、いつもの圧が半減している。

「それは、そうなんですけど」

「それに、水分は味わうものじゃない。校庭の水道で十分です」

御園は「なっ」と声を上げて振り返ると、抗議するように甘利田を見据えた。

「校庭の水道なんてお湯しか出ませんよ」

「何でも良しでは規律が保てないと言っているんです」

噴き出す汗が飛んで濡れてしまったメガネをハンドタオルで拭いてかけ直すと、甘利田は仕切り直すようにゆっくり御園の目前まで近づく。

「それと、信号の青は緑ではない」

ふとした拍子に接触しそうなほどの至近距離で、きっぱり言い切った。佐々木の感想文を、実は聞いていたようだ。

「でも緑色にも見えるじゃないですか」

御園はすかさず反論するも、言い終わらないうちに甘利田は言葉を重ねる。

「日本には元々緑色という概念が希薄であり、青で総称する文化がある。青葉の葉は青いですか？」

「私は、生徒の率直な意見を」

「その論法でいくと、青汁は緑汁と呼ばなければならない。教師として軽率ではないですか？」

御園は反論を諦めた。明らかに不満げではあるが、今の甘利田に何を言っても、何かしらの理屈で返してくると思ったのだろう。それを説き伏せたと受け取ったのか、甘利田は改めてタライに沈んでいる水筒たちに目をやりながら続ける。

「水筒も軽率です」

突然話が水筒に戻ったことで、慌てて御園は水筒を庇うように振り返る。

「これはいいじゃないですか！」

御園のほうも、水筒を冷やすことに関しては譲る気がない。

「そこまで言うなら、校長先生に白黒つけてもらいましょう」

そう言い置いて、甘利田は給湯室から出て行った。

「配膳室の業務用冷蔵庫があるじゃないですか」

校長室にタライごと持ち込んだ御園は、「その手があったか」とばかりに頷いた。

「あれはかなり大きいですよ。これくらいだったら、行けるんじゃないですか」

タライから頭が飛び出た水筒を、ぺしぺしと扇子で叩く渡田。

「そうですね、相談してみます」

嬉しそうに頬を緩める御園に対し、甘利田はそろっと渡田に近づく。

「それは冷蔵ではなく、冷凍だと思いますが……いくら冷やすとはいえ、カチンコチンに凍らせるのは、かえって生徒も迷惑なのでは」

せっかくの案に横槍が入り、躊躇いを見せる御園だったが。

「……でもとにかく、相談してみます」

そのままタライを持って校長室を飛び出していった。

校長室に残された甘利田と渡田は、しばらく御園を黙って見送っていた。姿が見えなくなり、渡田は甘利田に笑いかけた。

「甘利田先生、さっきコーヒー淹れたばかりなんですが、どうですか一杯」

「……では、遠慮なく」

渡田からの誘いに乗り、甘利田はコーヒーで一服していくことにしたのだった。

配膳室にやってきた御園は、顔馴染みの牧野に事の顛末を説明した。

「ああ、今日は二つのうち一つが空だから、設定温度変えて保管できるわよ」

「本当ですか……！　ありがとうございます」

ようやく保管の目処が立ち、御園は心底嬉しそうに牧野へ頭を下げた。

「まぁ、毎日ってわけにはいかないけどねぇ」

「いえいえ、今日だけでも……本当に暑いんで」

「本当よねぇ……」

手で自分を扇ぐ御園に相槌を打ちながら、牧野が配膳室の奥に目を向けた。

冷蔵庫の前には、難しい顔をして考え事をしているかのような神野の姿がある。

「ほらさっきからあの子、少しでも涼しさを味わおうって冷蔵庫の前にずっといるのよ」

困ったように笑いながら、今度は神野に向けて声をかける。

「神野くん、もう休み時間終わっちゃうよ」

神野は「はい」と返事をするものの、冷蔵庫を見つめたまま動こうとしない。その肩からは、青い紐のついた水筒が下がっている。

「神野くんは、水筒冷やさなくていいの？　ここで預かってくれるって」

「あの、おばさん」

御園は「え」と目を見開く。遮ったことより、神野の発言にショックを受けていたのだ。

妙な空気に気づいたのか、神野は御園と牧野たちのほうを向くと「いや、こっちの」言いながら、手で牧野の方を示した。

指名を受けた牧野が「なーに？」と答える。

「今日の冷凍みかんは、いつものようにカチンコチンですか」

「んー、まあそうねぇ」

質問の意図がわからず戸惑い、頷く牧野。真剣そのものの神野はさらにたずねる。

「なぜあそこまでカチンコチンなのですか」

「さあ……カチンコチンが好きなんじゃないの、みんな」

「……そうですか」

答えに納得がいった様子はなく、難しい顔をしたまま神野は二人の横を通って配膳室から出て行った。


次の授業は、御園担当の現国だった。

この日は文法についての授業で、黒板に品詞に関する説明が板書されていた。動詞、形容詞、形容動詞、と順に並べられ、それぞれの説明が簡潔に書かれている。

「品詞、十種類の見分け方ですが……」

一つ一つについて説明していく御園。赴任当初に比べると、生徒たちの前でも堂々と話せるようになっていた。

神野は大真面目な顔でノートに鉛筆を走らせていたが、その動きは明らかに文字を書く手つきとは違う。塗り潰すような動きだった。

ふと、視界に入って来た窓からの光が気になり、神野は窓の外を見上げた。眩しさに目を細くすると、日の光から逃げるように、再び視線をノートに戻す。

中央には、上のほうに小さなヘタのついた、丸い橙色の果物——みかん。下半分を囲うように、氷の霜を表現した白い筋が描き込まれている。周りが黒く塗り潰されているため、妙に立体感があった。みかんの上には「冷凍みかん」の文字。

そんな手描きの冷凍みかんに——日の光が差し込んでくる。

「——!」

瞬間、目と口を大きく開いた神野の表情は、「これだ」と叫び出しそうな勢いだった。

——神野の脳内で、何かが閃いた。

授業が終わると、さっそく神野は廊下に出た。休み時間の解放感からはしゃぐ生徒たちの間を縫いながら、手に持ったノートを凝視し、肩には水筒を下げている。

どこかへ向かう神野の表情は明るく、ワクワクが止まらないとでもいうようだった。

午前の授業終了を知らせるチャイムが、常節中学校に響き渡った。

解放感や配膳の準備で騒がしくなる廊下。教室では机を給食の班に分ける移動の音が響く。それが終われば、配膳を受ける生徒たちの注文をつける声で休み時間以上に賑やかになる。

落ち着きを見せ始めるのは、配膳がある程度終わった頃だが、今日は少し違った。

配膳台の器の中はほぼ綺麗になくなっているが――冷凍みかんが、四つだけ残っている。

「はい、では……冷凍みかんじゃんけん始めます。みんな集まってください」

給食当番の声にどよめきが起き、何人かが配膳台の前に集まってきた。

すると、おもむろに神野が立ち上がった。今日はたまたま神野の隣で給食を食べることになっていた御園が、驚きに目を見開く。意外に思ったのは御園だけではないらしく、

「おお、神野いった」「珍しいね」と同じ班の生徒たちが面白そうに話している。

（――奴が、じゃんけんに参加だと？）

自分の席で首回りの汗を拭いていた甘利田の動きが、ピタリと止まった。甘利田の前を通って配膳台へ向かう神野を、視線だけで追う。

（今まで見たことのない光景だ。奴は与えられた範囲でベストを尽くしてきた。ということは、今日奴は冷凍みかんを二個必要としているということだ）

甘利田の脳裏に、今までの対決のことが思い起こされる。神野が特別な動きをするとき、

それに意味がなかったことは一度もない。

(これは——阻止する必要がある)

視線を神野に向けたまま、甘利田は強い意思を持って立ち上がった。

瞬間「え」「先生?」「先生も入るの?」と悲鳴とも歓声ともつかない声が教室に響いた。

自分の目的第一になっている甘利田は、気にする様子もなく、神野の隣に並ぶ。

じゃんけんに参加する生徒たちは、手首をぶらぶらさせたり、「絶対負けない」と謎の気合をぶつけあったりと本気そのものだ。

「じゃあ始めまーす!」

給食当番の合図に従い、冷凍みかん争奪じゃんけんが始まった。

数分後——

四つあった冷凍みかんのうち、残り二つ。その片方を、じゃんけんに勝利した佐々木が「やった!」という声と共にさっと奪うと、拍手と歓声の中を上機嫌で席に戻っていく。

残ったのは冷凍みかん一つと、児島、神野——そして甘利田だった。三人とも拳を突き出していた。

「では、最後の一つでーす」

配膳係からの声がかかると、「よーし、絶対勝つ!」と児島は気合十分に声を上げた。

それに対し、甘利田、神野はただ黙って勝負のときを待つ。

「さーいしょはグー」

配膳係の掛け声と共に、三人揃ってグーの形を出す。

「じゃんけん――」

一瞬引かれた手が、次の一手を作り出す――

「――ぽん！」

同時に出された三人の手――児島と甘利田はグー、神野はパーを出していた。

教室中の生徒が、固唾をのんで見守る中――神野は笑顔で冷凍みかんを手に取った。

勝敗を知った生徒たちの歓声が上がる。背後で児島が「男ならグーだろ」と難癖をつけているが、すでに神野には聞こえていない。さっさと自分の席に戻っていた。

甘利田は一人、痛恨のグーを作った自分の手を見つめていた。


校歌斉唱も終わり、給食の時間が始まった。冷凍みかんじゃんけんの敗北を引きずっている甘利田は、歌う声に元気がなかった。

だがそこは給食を愛する男。「いただきます」と口にした瞬間、視線はもうトレイに釘付けになっていた。

（今日のメニューは、ポタージュスープとコロッケにレギュラーのコッペパンと牛乳、マーガリン。そして影の主役、冷凍みかんだ。真夏にアツアツポタージュというマッチングが、ラストで冷凍みかんとの出逢いをドラマチックに演出してくれる）

メガネを外して全体を見渡し、改めて今日のメニューを確認する。思案した末に、手に取った先割れスプーンはポタージュスープに向かった。

（まずは表の主役といえるポタージュからだ）

熱を閉じ込めるとろみのついた白いポタージュに、にんじんの赤とほうれんそうの緑、スープと同じ色なのに主張のあるじゃがいも、透明になった玉ねぎの彩りが食欲をそそる。

先割れスプーンでひと掬いするとスープを啜り、具を口の中へ。最初にやってくるあたたかさ。むしろ熱いほどだが、ハフハフと空気を入れていくと徐々に冷めてくる。

（具材のゴロゴロ感がいい。この炊き合わせで作られているところが、単なる汁物の領域から一皮剝けていると言っていい。若干塩気がキツイのもいい）

別々に煮るという手法を使われた野菜にはそれぞれ味がついており、そこにポタージュそのものの味も加わっている。塩気がキツイのはそのためだろう。

褒めているのかいないのか、これもまた甘利田の給食の愛し方だった。普通に考えればマイナスになる部分も、給食すべてのメニューを考えればプラスにもなるという考え方。

（イントロで暑さと辛さを味わえば、舌がいじめられ、いずれやってくる爽快な清涼感への期待を膨らませてくれる……ここは、一気にいこう）

ポタージュスープを食べ進める動きは止まることなく、一気に完食した。

ただでさえ暑い教室の中で、アツアツのポタージュスープを即行で食べきった甘利田は、再び額に汗を流しながら教室を見渡した。

（皆、冷凍みかんというものをわかっていない。真夏にみかんが出るという奇跡を感じていない。冷凍みかんの日は、今日一日をそのために使うべきなんだ）

生徒たちの大半は、アツアツポタージュを食べては、熱さに耐えかねて牛乳を飲んでいる。手を冷やそうと冷凍みかんに手を伸ばして冷たいと騒ぐ、なんて生徒もいた。

（真夏の暑さに立ち向かい、あえて身体に渇きを与え、カラッカラの自分へのご褒美を享受する。決して道中、冷えた液体などで逃げてはいけない）

甘利田の脳裏で、今日一日自分がどれだけ汗をかいたのか振り返った。どれだけ汗が噴き出そうとも、ただその汗を拭うだけだった今日一日の自分を。

（カラッカラを経て、カチンコチンこそが勝利のプロセスだ）

気持ちを新たに、今度はコッペパンを手に取った。先割れスプーンで切れ目を入れる。

（……正直、この方法は、奴が編み出したものなので使いたくないが……知ってしまった知識を再利用するのが、人類繁栄の基礎である）

言い訳じみたことを考えながら、マーガリンを覆う外紙を外し、先割れスプーンで丁寧にコッペパンに作った溝に塗り込んでいく。

（敵に塩を送るようでいささか不満だが……）

不承不承とばかりに嫌そうに、だが本心では楽しみで仕方ない気持ちを抑えるように、手早くコロッケを半分に割った。付け合わせのキャベツと共にコッペパンに挟む。

（うまい食い方自体に罪はない……）

手についたコロッケのソースを嬉しそうに舐めとると、いざ、実食——

と思ったところで、ふと視線を感じた甘利田は顔を上げた。その先には——神野が全く同じ方法で作ったコロッケパンを両手で持ち、今にも食べようとしているところだった。

視線はまっすぐ甘利田に向いており、不敵な笑みを浮かべている。

（お、お前もか……ちきしょう、見てやがる）

手を止めた甘利田に構わず、神野はコロッケパンにかぶりついた。聞こえるはずのない、キャベツのシャキシャキという音が、甘利田の耳に届いた気がした。

一口食べた神野は、「さあどうぞ」と言わんばかりに、甘利田に向けて頷いて見せた。

（被っていた……いやある意味当然だが……くそっ！）

もうヤケクソだと甘利田も豪快にかぶりついた。ゆっくり咀嚼すると、幻ではない本物のキャベツのシャキシャキという音と、楽しい歯ごたえが甘利田の食感を刺激する。

（ぬくもりのなくなったコロッケに、少量かかったソース、それとマーガリンが混じって、何とも言えないオカズ感が出る）

コッペパンの素朴な甘み。コロッケ内での潰れたじゃがいもの柔らかさと甘さ。野菜の凝縮された甘辛ソース、マーガリンのまろやかな塩気、すべてが口の中で一気に混ざり合い、甘利田を恍惚とさせた。

（少しパサパサになったコッペパンも、命が蘇ったように存在感が増す）

さらにかぶりつき、嬉しそうに咀嚼すると、すでに開けておいた牛乳を一気に呷る。

（心なしか、牛乳もいつもと違う味わいだ。もはやこれは牛乳というより、ミルクだな）

牛乳をミルクと言い換えたことの意味は、おそらく甘利田にしかわからない。

その後一心不乱にコロッケパンに食らいつき、合間に牛乳をぐいぐい飲む。その繰り返しで、あっという間にコロッケパンも牛乳もなくなっていった。

満足げに笑うと、器にぽつんと一つ残った冷凍みかんに目を向ける。

（さて、いよいよだ）

トレイを前に出すと、冷凍みかんを器ごと目の前まで引き寄せる。霜のついた冷凍みかんを手に取ると、机にコンコンとぶつける。完全にまだカッチカチだ。

（……うん、まだ硬い。芯まで冷えてやがる。少々急いで食べ過ぎたか）

両手で冷凍みかんを持ち直すと、あまりの冷たさに指についた霜を眺めてしまう。ともあれ、今食べることは諦め、器に冷凍みかんを戻す。

（いやいい。この自然解凍時間を待つのも、冷凍みかんを食す一つの所作だ）

最初は腕を組み、ただ冷凍みかんを見つめていただけの甘利田だったが。

(元々冬から春頃にしか販売されていなかったみかんを、通年販売できるようにしようという考えから発案された一品)

冷凍みかんに関する薀蓄を思い出しながら、つついたり頬にくっつけてみたりと、食べ頃になるのを待ちわびる。

(収穫したみかんをそのまま夏まで冷凍し、一九五五年から駅で販売するようになったのが始まりと聞く)

誰にどこで聞いたのか。甘利田の知識の出所がどこなのか、常節中学校の中でそれを知る者はおそらくいない。

(出荷ピークは一〇〇〇万個を販売。給食への採用で一気に国民食の地位に昇りつめた)

だんだん待ちきれなくなり、立ち上がって教卓と席とをウロウロし始める甘利田。生徒たちはそれを気にする様子もなく、給食を楽しんでいる。

(実はこの冷凍みかん、冷凍庫に入れておけば完成すると思っている輩が多すぎる。急冷と水つけを繰り返して外に氷の膜を作り、乾燥を防ぐ工夫をしている)

今度は窓まで歩み寄り、外を見始めた。相変わらず日の光に照らされ、強い熱気が想像できる。まだ解凍されない冷凍みかんがさらに恋しくなる。

(この膜によって、みかんの水分が外に出てしまうことを防ぎ、パサパサしないおいしい

冷凍みかんができる。しかも低温で食べるために、あえて甘みの強いミカンを使う）

外の熱気で暑さを増幅させ、冷凍みかんへの期待感を高めたところで席に戻った。

甘利田の額から、再び汗が流れる。

（もう、我慢できん――いざ！）

少し躊躇いながらも、甘利田は冷凍みかんを再び手に取った。

まだ霜で真っ白な硬いみかんの皮に、無理やり爪をかけた。皮に張りついたままの氷が剝がれていくが、みかんの皮はなかなか剝がれない。焦る甘利田、力むとさらに額から汗が流れ、氷を剝ぐ指先は冷えて痛くなる。息を吹きかけつつ強引に剝いていった。

悪戦苦闘の末、ようやくみかんの皮を剝き終わり、白い筋の入った果肉の部分と感動の対面を果たす。ゆっくり食べやすい大きさまで実を分け、ついに口の中に入れた。

（……はぁ、うまい）

心の中で息をつきながら、ゆっくり咀嚼していく。

シャク、と凍った果肉が、嚙んだ後徐々に崩れる食感。嚙んだ瞬間広がる冷え切ったみかんの果汁。わずかな酸味と爽やかな甘みが口いっぱいに広がる。

（アイスとも違う、かき氷ともフルーツとも違う。独特の食感と、天然の甘み）

堪能しながら、甘利田の眉間に深い皺が寄る。冷たいものを一気に食べると起きる頭痛によるものだ。

(眉間に来る冷感も心地好い……これは日本人が考えた、最も安価な極上スイーツだ)

強く響く冷感の痛みに、思わず眉間に手のひらを当てる。だがすぐに気を取り直すと、さらにみかんを分け、口に運んでいく。

大事に大事に一粒ずつに分け、ゆっくり噛みしめて味わう。その度に頬が緩んだ。

(俺は今――充実している)

指についた果汁をも舐め取り、最後の一粒を飲み込んだ。

すべてを食べ終え、いつものように背もたれに勢いよく倒れると、目を閉じた。

(……ごちそうさまでした)

満足感いっぱいで食べ終えた甘利田。だがふと痛みに気づいて目を開け、痛みの元である指先を見る。

(……ちょっと無理をして指を怪我してしまったが……まあ、許容範囲としよう)

周りを見渡すと、まだ生徒たちは給食を食べている最中だった。解凍に時間をかけたような気がしたが、思ったほどではなかったらしい。

教室内を見渡すうちに、ふとある一点で目が留まる。甘利田はメガネをかけ直した。

(……あいつ!)

その主は当然――神野だ。

横半分状態のみかんの皮は器のようになっており、中の果実は完全に砕かれている。

（あんなハイカラなものこさえやがって！）

細かくなった冷凍みかんを、先割れスプーンで掬って口に運ぶ神野。

シャクシャク。

全意識を神野に集中させている甘利田は今、ハッキリとその音を聞いていた。

（天然物のシャーベットか。なんといい音をさせているんだ）

頭を抱え、「おいしそうだ」という興奮から全身に力がこもる。

（しかも真夏の光を浴びて、ちょっとした宝石箱（ほうせきばこ）のようじゃないか……！）

一瞬で目に焼きついた冷凍みかんシャーベットが、甘利田の脳内では日の光を浴びてキラキラ輝いていた。

（……しかし解（げ）せん。なぜあんなことができるくらい、解凍されているんだ）

一度聞いてしまった、おいしそうなシャクシャク音に苦しめられながら、なんとか思考を働かせる甘利田。

（……ん？）

お構いなしに食べ続ける神野。その机の上の、あるものに甘利田は気づいた。

水を張った水筒のカップに、先程じゃんけんで勝ち取ったもう一つの冷凍みかんが浮かんでいたのだ。

（水で解凍を促したのか……いやしかし、それにしても早すぎる。こっちは怪我までしているのに——)

そこまで考え、ふと神野の向こう側——隣にいる、御園の存在が目に入る。シャーベットを作っている神野を感心した様子で見ながら、給食を食べていた。

その姿が、給湯室で甘利田と言い合っていたときの姿と結びつく。

『校庭の水なんて、お湯しか出ませんよ』

その言葉を思い出した瞬間、甘利田は合点がいった。

(湯か!)

甘利田が冷凍みかんシャーベットのからくりに気づいた頃、神野は食べていた冷凍みかんシャーベットを完食すると、水筒に入っていた二個目の冷凍みかんを手に取った。

氷が解けて柔らかくなったみかんの皮を、ゆっくり剝いていく。

(何をするつもりだ。かぶりつけばいいだろうが)

そんな甘利田をよそに、皮がなくなった実をつついて硬さを確かめる神野。

(ああ、いい感じに実だけは凍っているじゃないか……カチンコチンを味わうのが、冷凍みかんではないのか)

食い入るように見つめる甘利田。神野は、一つ目のみかんの皮で作ったもう一つの器を目の前に置く。そこに今皮を剝いた冷凍みかんを載せ、先割れスプーンで潰した。

(おかわりを作ってやがる……見せつけようってハラか)

甘利田は、さっきまで給食を楽しんでいた自分の行動を静かに思い起こしていた。

（いたずらに身体を痛めつけ、サウナ後の冷水のようなギャップを狙った私の戦略は間違いなのか……あくまでもスマートに、しかもクリエイティブに私の上を行くあいつは……）

悔しさに苛まれながらも、目は神野の動きを捉えて離さない。

シャーベット製作に勤しんでいた神野が、ふと甘利田を見る。顔を背ける甘利田。

（……また見てやがる）

すると、神野が突然立ち上がった。その手には、冷凍みかんシャーベット。その足で、甘利田の席まで歩み寄ってくる。

（な、なんだ……なんのつもりだ……俺に、引導でも渡す気か）

目の前までやってきたとき、甘利田は思わず立ち上がった。不審そうに神野を見つめる甘利田、両手で大事そうに冷凍みかんシャーベットを持って来た神野。

「こんなの作ってみました」

意図が理解できず、甘利田は黙って冷凍みかんシャーベットを見つめることしかできない。

「よかったら、どうぞ」

神野は、甘利田の眼前に冷凍みかんシャーベットを差し出した。

予期せぬ申し出に戸惑う甘利田だったが、ゆっくり受け取る。

(……どういうことだ)

疑念に満ちた顔で、改めて神野を見る。満足そうな、嬉しそうな笑顔を甘利田に向けると、神野は深く頭を下げた。つられるように、甘利田もお辞儀する。

顔を上げる前に、神野は甘利田の前を去っていた。

(……奴は……まさか本当に、私にこれを、あげたかった……)

席に戻った神野を改めて見ると、手を合わせ「ごちそうさま」と呟いている。

(そのために……二個、必要だった……)

甘利田は立ったまま、両手にちょこんと載ったままの冷凍みかんシャーベットをただただ見つめていた。

――胸の中に生まれた、あたたかいものが何か、考えながら。

放課後。生徒たちは各々部活に繰り出したり、帰宅するため校門へと向かっていく。

甘利田は、校庭にある水道までやってきていた。蛇口(じゃぐち)をひねって手で温度を確認してみる。炎天下(えんてんか)に晒されていた水道は、やはりお湯しか出なかった。

「――先生」

聞き慣れた呼び声に振り向くと、校舎から出てきた神野が足を止めていた。

「さようなら」

「ああ……さようなら」

甘利田はいつもよりも気の抜けた声で返す。神野は足を止めたままだった。

「先生は、冷凍みかんが好きなんですね」

「好きなわけではない」

断定的な神野の言葉に、思わず即否定する甘利田。

「でも、じゃんけんしてましたよ」

否定の言葉にも、どこか嬉しそうに神野はそう返した。返す言葉のない甘利田。

「僕も好きです」

嬉しそうに頬を緩めたまま言い切ると、神野はペコリと丁寧にお辞儀をして校門に向けて歩き出す。少しずつ小さくなる神野を見送りながら、甘利田は思う。

（私は、奴の目論見(もくろみ)を阻止するためにじゃんけんに参加した。だが奴の目論見は、私にプレゼントをすることだった……私は恥ずかしい）

それぞれが、それぞれの思うやり方で給食を楽しむ。そしてその楽しみ方を、甘利田はずっと神野と競(きそ)ってきた。

最初は、無謀だったり勢いとしか思えなかったりした神野の給食へのアプローチが、それだけではないことを甘利田は知っている。

最高のおいしさを実現するために、ただじっと待つことも厭わない。

どうしても受け入れられないものに罪の意識を持ち、誠意を示そうとする。

給食を俯瞰して見つめ、その日のメニューを最大限に活かすアレンジを加え。

理科での解剖（かいぼう）実験後のイカ焼きと、調理実習を経てすでに満腹という困難を前に、最大限努力し、工夫し、自分自身と戦い続けていたこともあった。

少しずつ、神野に対する感情が変化していることに甘利田も気づいていた。だがその変化がどういうことなのかわからず、そもそも素直に受け入れられずにいたのだ。

――だが今日、甘利田は初めて神野に対して感じているものが何かわかりかけていた。

（奴がくれたシャーベットは……抜群に美味かった）

とてもおいしい、冷凍みかんシャーベット。

時間差はあっても、甘利田と神野は、同じ「おいしいもの」を食べたのだ。

そこに感じた、勝ち負け以外の何か。

（神野ゴウ――私は今日、奴との絆（きずな）を感じてしまった）

メニュー六

アゲパンという名のスイーツ

藤井(ふじい)マコ。常節中学校一年一組の一員である。髪の毛を頭の上でヘアクリップで留めたボブカットの髪型、大きな目、いつもにこやかな表情をしているのが特徴的な女子生徒だ。

彼女は現在、朝のホームルームで教室の前に立たされていた。その横には、藤井が普段使っている机が置かれている。

一年一組の担任である甘利田は、机の中からあるものを引っ張り出した。

「パン」

言いながら、机の中から出てきた干からびたコッペパンを置く。

「パン」

また引っ張り出して、机の上に置く。

「パン……パン……パン……」

その間、甘利田はずっと藤井の様子をうかがうように睨みつけていた。

最初はその様子をにこやかに見守っていた藤井だったが、ここに来て「ふふ」と声を出して笑った。教室内がどよめく。

副担任である御園は、今は口を挟まず黙って甘利田と藤井の様子を見守っていた。

「藤井、何がおかしい」

「だって先生、パン、パンって」

「よくもまあ、これだけ突っ込んだな」

躊躇いのない藤井の「はい」に、甘利田は少し呆れた声で「はいじゃない」と返す。このやり取りの間も、コッペパンは増え続けていた。

「これは何だ？」

最後の一つを取り出すと、藤井に向けて問い詰める。藤井は「パンです」と答えた。

「なぜパンを机に突っ込んだかを聞いている」

「あ、食べられなかったんで」

険しい顔の甘利田に問い詰められても、藤井は平然としていた。

「机だけじゃない」

今度は教卓に置いてあった柔らかい生地のトートバッグ、机の横にかかっている学生カバン、教卓の上にある細長いポーチの中からコッペパンを引っ張り出した。

「体操着入れ、カバン、リコーダーの袋にまで、パンが入っていた」

それらから出てきたコッペパンも、机の上の山に載せた。さらに教室がどよめくが、大半は面白がっているだけで、気まずそうだったり、肩身が狭そうだったりしている生徒はいない。

「あえて皆の前で聞いたのは、誰かにやられたのではないかと思ったからだ」

「えー、それはないです」

「だとしたら、なお聞きたい。食べきれないパンをあちこちに忍ばせる心理は何だ？」

その問いを向けられた瞬間、藤井の表情からにこやかさが消えた。まっすぐ見ていた甘利田から、少し気まずそうに視線を外す。すると、黙っていた御園が甘利田の隣に並んだ。

「残すと、怒られると思ったんだよね」

気遣うようでいて、妙に断定的な物言いの御園。藤井は少し困ったように笑う。

「そういうわけでは……ないんですけど」

「パンにまみれたかったのか！」

大真面目な甘利田の言葉に、思わず吹き出す藤井。返事はないが否定だとわかる。

御園が「あのね、藤井さん」と食い下がろうとするのを、甘利田が「もういい」とぴしゃりと遮った。

「……二度とやるな。机を戻せ」

キツイ口調にもかかわらず、甘利田にそう言われた藤井はにこやかな表情に戻ると「はい」と短く返した。

「今日は放課後、三者面談四日目だ」

甘利田が全体連絡を始める中、藤井が机を滑らせるように運んでいく。

席の位置は——神野の隣。

神野は無表情でちらりとコッペパンの山を見ると、すぐに教卓に視線を戻した。

「今日は柳沢、藤井、神野の順番で行う。ちゃんと保護者に伝えてあるな?」

甘利田の確認に、まばらに返事が上がる。

だが神野は、返事をしなかった。


ホームルーム終了後の、職員室。

コーヒーを飲んで一息ついていた甘利田に、御園が深刻そうに話しかけてきた。

「何か、ワケがあると思うんです。女子が普通、あんなことしませんし」

「ワケとは何ですか」

口では話を聞く姿勢を取りつつも、すでに甘利田は献立表の確認に入っていた。もちろんプリントや教科書の準備に隠れて。

「たとえば……摂食障害とか」

「だとしたら、どうなるんですか」

「どうって……相談に乗るとか」

「相談に乗ると、摂食障害は治るんですか」

「わからないですけど……ほっとけないです」

真剣に問題に取り組もうと悩む御園に対し、甘利田は変わらず素っ気ない。

「今日、藤井の保護者が来ますから」

「……親には、知られたくないんじゃないでしょうか」

「摂食障害をですか」

「パンまみれのことです」

強い口調で返す御園は、少しむっとしていた。甘利田が本気で取り合っていないと感じたからだろう。

「だったら、藤井と話してみたらどうですか」

御園が熱心に話しても、甘利田の興味がないとばかりの態度は変わらない。

「……わかりました。話してみます」

御園は打っても響かない甘利田にちらりと視線を向けると、ため息をついて立ち去った。

静かになり、改めて献立表の今日のメニューを確認する甘利田。鉛筆の先には、ちくわの磯辺(いそべ)揚げ、チーズ、牛乳と――

(今日のメニューは、カレーシチューにアゲパン……アゲパン?)

甘利田は、何かが引っ掛かっていた。

甘利田が献立表を見ていた頃――休み時間の、一年一組。

神野も、教室に貼られた献立表を、自分の席からじっと見つめていた。

目を細め、口の両端を上げている。今から給食が楽しみで仕方がない、と思っているのが見ているだけでわかる笑顔だった。

そのときふと、神野は視線を感じて顔を動かした。

隣の席の、藤井マコ。ノートに何か書こうとしていたようで、ペンを持ったまま神野に笑顔を向けていた。

しばらく、二人は笑顔で見つめ合っていた――ように見えた。

離れた君山の席に、数人の女子が集まって神野と藤井を盗み見ていた。

ニヤニヤしたり、小さく歓声を上げたりしながら、様子をうかがっている。君山たちからは、神野と藤井は見つめ合っているように見えたのだろう。

神野はゆっくり顔を正面に戻しつつ、表情を消していった。


「――すみません」

配膳室までやってきた甘利田。配膳室に向けた声には、強い意思を滾(たぎ)らせていた。

甘利田の姿を確認した牧野が、「は、はい」と慌てて甘利田の元へやってくる。

「何ですか？」

「今日の献立を確認させてください」

「えーっと、献立表の通りですけど」

「私の記憶が確かなら」

牧野が言葉を終える前に、甘利田は早口でまくしたて始めた。

「アゲパンとカレーシチューが同日に出たことが、これまでなかったと思いまして」

「え……そうでしたっけ？」

「誤植だとしたら問題なので」

甘利田は真剣そのものだった。その気迫に押され、牧野は「ちょっと待ってくださいね」と配膳室の奥に引っ込んでいく。

牧野を待つ間、ふと甘利田は目の前の低い台に並んでいる寸胴鍋たちの存在に気づいた。

微かにそこから香ってくるものがあったのだ。

甘利田は目を閉じ、その香りに集中した。スパイスの効いた少し刺激のある香り。

（これは……間違いなくカレーの匂い……誤植ではない）

その事実は、甘利田の頬を緩ませるのに十分だった。その横に、献立表を手にして戻って来た牧野が並ぶ。

「間違いないですね。アゲパンにカレーシチュー」

「そうですか」

「ええ……でも、これまでなかったですかね?」

「初めてです」

ハッキリ言い切る甘利田に、牧野は一瞬驚くも「へー」とすぐ目を細めて笑う。

「……なんですか」

「先生好きなんだ、給食」

牧野のその表情と指摘で初めて、甘利田は自分の顔が緩みっぱなしだったことを悟った。

改めて表情を引き締める。

「何をバカな。間違っていたら問題だから、聞いたまでです」

「いいじゃないですか、先生が給食好きだって」

言い訳じみた言動だったが、牧野は気にした様子はない。むしろ嬉しそうですらある。

どこか見覚えのあるこの牧野の表情は――誰に向けられたものだろうか。

考えを打ち切り、甘利田は「失礼」と言い残しスタスタと配膳室を出て行くのだった。


職員室に戻った甘利田は、気を取り直して再び献立表を凝視していた。隣では、御園が自分の授業の準備をしている。

（アゲパンにカレーシチュー。奴はどう出る。普通に考えれば、カレーをインサートしてのカレーパンだが。それほどイージーな手に出るだろうか……）

考えに耽るあまり、手持ち無沙汰にいじっていた鉛筆を折ってしまう。

（思えば、奴は常に私の想像の上を行っていた）

甘利田の脳内では今まで神野が工夫してきた給食、それをおいしそうに頬張る神野の様子が再生されていた。

鯨の竜田揚げサンド。イチゴジャム入りミルメーク。サイドメニューをふんだんに使った二種類のサンド。調理実習と理科の解剖で使ったエビとイカを駆使した海鮮焼きそば。水道から出るお湯で解かした冷凍みかんシャーベット。

どれもおいしそうで、甘利田は敗北感と同時に羨ましさを抑えることができなかった。

（カレーパン程度のアイデアで勝負に出てくるだろうか……しかしそもそも、アゲパンは砂糖がまぶされていてアマアマであり、それがアゲパンのストロングポイントなわけで）

折ってしまった鉛筆の繋ぎ目を合わせようとする。だが、上手く嚙み合わない。

（それとカレーをドッキングさせてしまったら、何だか想像つかない味になりそうだし）

まるで今考えている「アゲパン」と「カレーシチュー」を、何の考えもなくそのまま組み合わせようとするかのように。

そんなとき、職員室に「失礼します」と声をかけながら、一人の生徒が現れた。

藤井だ。やってきたことに気づいた御園が手招きすると、すぐそばまで歩み寄ってくる。

「藤井さん、来ましたんで」

「……」

「先生」

御園に呼ばれて、ようやく顔を向ける甘利田。だが心ここにあらずというのが丸わかりな、気のない表情だった。

「藤井さんと、話してきます」

甘利田が顔を正面に戻すと、御園は露骨にむっとした。だがすぐ藤井のほうを向くと「行こうか」と穏やかに声をかけ、共に職員室を出て行く。

(……だが、改めて献立を見ても、どう考えてもカレーパンに行くとしか思えない。アマアマとカラカラでアマカラ狙いというのも手としては悪くない。やはり、アマカラカレーパンというのがベストアンサーじゃないのか)

再び、折れた鉛筆を手に持ち、繋ぎ目を合わせようとする。今度は、きっちりくっついた。もちろん折れたのがくっつくわけではない。

(だとするならば、奴がそれを実行に移す前に、先に私がやっている様を見せつけ、うまい、そげに食いついてしまえば……!)

冷凍みかんシャーベットをもらった日、コロッケパンで先を越されたときのことが思い起こされる。思いついたことを先にやられていたと知ったときの、悔しさ。

それを、神野に味わわせることができれば。

（――初めて、奴に勝てる！）

心中で意気込むと同時に、すくっと立ち上がった。後ろを通ろうとした他の教師がぎょっとして飛びのき、机にぶつかった音でさらに周りの教師たちが驚く。当然、勝利を確信した甘利田の目に、そんな周りの様子など映るはずもなかった。

一瞬騒然とした職員室。その奥にある、校長室に繋がる扉が突然開いた。

「甘利田先生」

そこから顔を出した校長・渡田に呼ばれ、甘利田はようやく現実に戻った。表情を普段通りの無愛想に戻しながら、声のしたほうへ振り返る。

「ちょっといいですか」

折れた鉛筆を置きながら「はい」と答えると、甘利田は校長室へ向かった。

御園が藤井を連れてやってきたのは、人の気配がない図書室だった。六人は座れる大きな机の、真ん中の椅子に座って向き合っている。

「……パン、食べられないんでしょ？」

御園は同情するような眼差しで、いきなり本題を切り出していく。

「パンが嫌いなんでしょ？　なのに給食って毎日パンだから……仕方なく、ああしてたんだよね」

気遣う素振りは見せるものの、言葉としてはほぼ断定していた。

「……あの、先生」

「ん？」

「そんな風に生徒のことを決めつけるの、よくないと思います」

にこやかなままでいて、ハッキリと意見する藤井。予想外の返答に、御園は首を傾げた。

「え？」

「パンを机に詰めていたのは、プレゼントを拒否られたからです」

「……どういうこと？」

尋ねながら、御園の表情が曇る。言葉の意味はよくわからなくても、自分の想像を超えた何かがあることを感じ始めていた。

「私、神野くんが好きなんです」

「……神野くんを？」

さらに斜め上を行く言葉に、目を見開く御園。

「神野くんは給食が好きだから、毎日パンをあげてたんです。プレゼントです」

変わらない藤井のにこやかさは、人によっては不気味にすら感じるかもしれない。御園は戸惑いを隠せず呟く。

「……パンを？」

「そしたらある日、拒否られたんです」

藤井はそう切り出すと、その日のことを語り始めた。

数週間前の給食の時間。席が隣の神野と藤井は、給食でも同じ班だ。いつも通り、机を班分けの状態にして給食を食べていた。

ちょうどコッペパンを食べていた神野に、藤井は自分の分を差し出した。

「はい。これあげる」

だが神野は、そのパンをどこか申し訳なさそうに見つめている。

「……パンは、もういらない」

「なんで？　神野くん、給食好きでしょ」

藤井は一瞬不思議そうにするも、すぐにこやかに言い切る。

「これまでは、藤井さんがくれたパンをいい感じに食べられるアイデアが浮かんでいたけど、こう毎日だと……パン過多なんだ」

「申し訳ないけど、しばらくパンはいらない」

ハッキリ言われたことで、神野の意思を理解した藤井は真剣な眼差しで尋ねる。

「またパンがいるとき……来るかな？」

「来るかもしれないね」

藤井が理解してくれたことにほっとしたのか、神野は少し笑ってそう答えた。

「……パン、過多？」

「神野くんが、パンが必要になる日が来ると思って、パンをためてました」

——そして、今朝のパン詰め込み事件に繋がったのだった。

藤井がパンを机に詰めることになった経緯を聞き、御園は愕然としていた。彼女の常識に、「好きな人のためにパンを机に突っ込んで保存する」なんてものはない。

以前から「物事を俯瞰して見られない」という自覚はあったが、それにしても、やはり御園にとっては予想外過ぎる展開だった。

話は終わったと判断した藤井は、「じゃあ、そういうことで」と立ち上がる。去ろうとする藤井に、肩を落とした御園はさらに続けた。

「なんか私……全然わかってなかったっていうか」

足を止めた藤井はにこやかに、だが容赦なく「そうですね」と言い切る。御園は気落ちした様子のまま、顔を上げて続けた。

「それで……神野くんは、藤井さんの気持ち、知ってるの？」

「伝わってると、信じてます」

これもまた、ハッキリと言い切る藤井に、自信を喪失（そうしつ）している御園は「そう」と弱く返すことしかできない。

たとえ——心の中に何か引っかかるものがあったとしても。

「私、神野くんにパンをあげたり、神野くんのためにパンをためたりしている自分が、好きなんです」

続く藤井の言葉に、御園はピクリと反応する。

「だから、甘利田先生に二度とするなと言われても、またパン、ためると思います」

この言葉で、御園は自分が何に引っ掛かっているのか、わかったような気がした。

「——でも食べ物は、悪くなるのよ」

開き直りとも取れる藤井の態度に、ついに御園は反論を口にしてしまった。

確かに御園は、自分の常識に当てはめ、無意識に決めつけてしまうところがある。過去にも同じことがあったからこそ、今回の藤井のことに対する自分の言動も反省していた。

だがこの藤井の言動と考え方を、教師として無条件で受け入れるべきなのか。

「古いパンをもらって、神野くんが本当に喜ぶと思う？」

「ないよりマシです」

即答する藤井。自分の考えや行動に、少しも疑問を抱いていない。

御園はもう躊躇わなかった。

「――ない方が、マシじゃないかな」

さっきまでの御園では考えられなかった、強い口調。藤井のにこやかな笑顔が消える。

「神野くんへの気持ちの伝え方、考えたほうがいいと思う」

気弱な御園は、もうそこにはいなかった。


一方その頃。校長室に呼ばれた甘利田は、ちょうど渡田から淹れ立てのコーヒーを受け取っているところだった。二人掛けのソファに座る甘利田の向かいに、渡田も腰を下ろす。

「御園先生に関してなんですがね……うちでやっていけそうですかね」

「やってると思いますけど」

答えながら、シュガーポットの砂糖をコーヒーにドバドバ入れる甘利田。

「いやね、産休中の磯田先生から連絡があってね。無事、生まれたそうなんですよ。出産前後四か月休んだらすぐ復職したいって言ってたんですけど、これが生まれてみたら可愛くてしょうがないっていうんで、育休も取りたいってことなんですよ」

事情を聴いている間、甘利田は砂糖で激甘になったコーヒーを啜る。

「じゃあ、御園先生の臨時雇用は延長ですね」

「そこそこ！ そこなんです」

待ってましたとばかりにそう言うと、渡田は向かいから甘利田の隣に移動してきた。

「最初うちに来たときに、短く働きたいんで産休補助になった、って言ってたんですよ」

向かいに置いていた自分のコーヒーカップを取ると、再び腰を下ろす。

「……では、別の補助教員が必要ですね」

「それが、そう簡単に見つからなくて」

困った困ったと苦笑いしながら、甘利田の脚をバシバシ叩く。

「だからね、彼女が短くなくていいなら、いいなって」

「は？」

「うちに慣れてくれていて、甘利田先生の評価もいいなら、もう一年とかやってもらえないか、それとなく聞いてくれませんか？」

「……私が、ですか？」

「私が聞いてダメだったら、それで終わりになっちゃうでしょ」

「私でノーなら、校長先生でもノーでしょう」

「いや、それとね。そのちょっとした事情ってのも訊いてもらえませんかね」

人懐こい笑みを含んだ困り顔の渡田に、甘利田は深いため息をつきコーヒーを飲んだ。


二枚上下に並び、一枚が埋まると上下を入れ替えられる黒板。各四人ずつ座れる机には、蛇口と流しがついている。

この時間の一年一組は、理科実験室での授業だった。

「水が蒸発して、食塩が見えてきたかな？」

教師用の大きな机の前で、白衣を着た若い男性教師が全体に声をかける。

生徒たちが座る各机には、火のついたアルコールランプ、組み立て式の小さな三脚、熱するものを載せるための石綿金網、その上には白い小さな蒸発皿が載っている。

「食塩二〇グラムが、水一〇〇グラムに溶けているとき、食塩水の濃度は……」

生徒たちの目の前で起きている現象について、資料を手に歩きながら説明している。

生徒たちは各々、ノートを取ったり、何となく話を聞いていたり、蒸発皿の様子を興味津々に眺めていたりと様々な反応を見せていた。

「……」

そんな中、神野は蒸発皿を見つめていた。アルコールランプの炎が、どんどん食塩水を蒸発させていく。大真面目にその様子をじっと見続ける神野だが、このときはいつもの閃きを得た様子は見受けられなかった。


四時間目の授業が終わり、待ちに待った給食の時間。給食当番は配膳室へ向かい、残りの生徒は給食の班に机を動かす。気持ちが緩んだ教室内は賑やかだ。

すぐに机を動かし終えた神野は、座って目を閉じていた。

神野の机の横に、藤井は自分の机の正面をくっつけて班の形にしていたが、当然神野は気付いていない。机を動かし終わった藤井は椅子に座ると、神野の真似をして目を閉じた。

一方、甘利田も自分の席に座った状態で目を閉じている。

(――ついに、今日という日が来た)

目を開けると同時に、まだトレイの載っていない机に視線を落とす。

だがそこに、ないはずのトレイ――カレーシチュー、アゲパン、ちくわの磯辺揚げ、チーズ、牛乳の姿を幻視していた。

(スピード感が重要だ。奴の初動を上回る形でカレーをアゲパンに挿入(そうにゅう)する)

脳内の映像の甘利田は、アゲパンを半分に割ると、中をくりぬいたパンを食べる。

(まず割った側から穴をあけ、指先を巧妙に使ってパンの中身をくりぬいていく)

　だが現実には、何も持っていない手の中で指がくりぬく動きをし、何もないのに口を開けては口を動かしている。何も食べていないのに。

（その際、表面は無傷なままでなければならない。後半は、先割れスプーンを使用してパンの白い部分をなるべくなくし、空洞を広げる）

　広げ終えると、手をパンパンとはたいて何かを落とした。実際にはパンもなければ、手に砂糖などついていないのだが。

（カレーシチューはまあまあ具だくさんなので、インサート前にじゃがいも等を刻んでペースト状に近づける。そのあと、おもむろにカレーをパンに流し込む）

　エアカレーシチューをエアトレイに置き、エアアゲパン（中くりぬき済み）を手に取る。

（このとき、慌ててこぼしてしまっては台無しだ。あくまで慎重に、かつスピーディーに入れていく）

　エア先割れスプーンを手に、エアアゲパン（中くりぬき済み）の中に丁寧に、かつ手早くエアカレーシチューを詰めていく。

（入れ終わっても安心してはいけない。穴を空けた先端から漏れる可能性がある。ひと口目は――）

　実際には何もない空間を見つめているというのに、今の甘利田はその手にカレーシチュー入りアゲパン――カレーパンが実在するかの如く嬉しそうに頬を緩めていた。

(――その穴部分から、かぶりつく)

最高の味すらも想像で補い、幸せなひと時を噛みしめた。

(完璧だ)

その瞬間、甘利田はゆっくり目を開ける。何もない空間を握る手を見て、ようやく現実に戻ってきたことを自覚しているようだった。我に返り、冷静になったかと思いきや――

(……なんか、そわそわしてきた)

勢いよく立ち上がり、教室を横断する形で進み廊下に出て行った。

廊下の向こうから、ちょうど給食当番がワゴンを運んでくるところだった。ワゴンのすぐ後ろから藤田、その右手側で押しているのが高橋、左手側には児島がいた。女子二人は、食器の入ったカゴを持って後ろをついてくる形で歩いていた。

甘利田は、そのまま教室に引き返そうとした。すぐに配膳が始まるからだ。

ふと――雑談で盛り上がっていた児島が、少しだけワゴンの前に回り込んだ。進路を塞いだわけでもなく、ただ何となく、話の勢いで身振りが大きくなっていただけだろう。

そんな児島のつま先が――ワゴンの前輪にぶつかった。

おかずや食器の載ったワゴンはかなり重い。踏まれたわけでなくても、相当痛い。

児島の「いってぇ！」という声に、教室に戻りかけた甘利田が、再び廊下に顔を出した。

そんな重い荷物を載せたワゴンは、たったそれだけの障害で前方に傾いてしまう。右手側にいた高橋が牛乳瓶の入ったカゴを押さえる。

だが左手側——カレーシチューの詰まった寸胴鍋は、つま先にダメージを負った児島ではどうすることもできなかった。

「！」

状況を察した甘利田は、慌ててワゴンに走り寄ろうとした。だが、間に合うはずもない。

——寸胴鍋が床に落ちた。その衝撃でフタが開いたと同時に、中身がぶちまけられた。

金属の寸胴鍋が床に叩きつけられる音。給食当番の女子たちの悲鳴。彼女たちが思わず手を離してしまった食器カゴの落ちる音も響いた。

その音は当然、一年一組の教室にもしっかり聞こえていた。

「！」

席で瞑想していた神野も慌てて立ち上がり、教室を駆け抜けて廊下へ。その後を、藤井、異常事態を察した御園も続く。

それをさらに追って、他の一年一組の生徒たちも飛び出し、廊下は騒然とし始めた。

「シチューが……」

事実が受け入れられないのか、児島が慌てて寸胴鍋に近づこうとする。水たまりのようになったカレーシチューで、児島の足が滑った。後ろに倒れそうになったところを、たまたま近くにいた生徒が二人がかりで支える。

それを見た、神野や藤井を含む一年一組の面々が走り出す。ぶちまけられたカレーシチューの近くにいた甘利田は、生徒たちに向けて両手を広げ、それを阻止した。

「近づくな！」

そう叫ぶ甘利田に、神野がぶつかる。他の生徒たちも、甘利田が伸ばした腕に阻まれ足を止めた。少し遅れた御園も、後ろから女子の動きを制止している。

ワゴンの近くに集まって来た生徒たちから、改めて悲鳴が上がった。物理的危機を教師たちによって抑えられたことで、改めて生徒たちは現実を理解し始めていた。

床には、変わらずぶちまけられたままのカレーシチュー。黄色がかった液体が床を濡らし、散乱した具材たちがやけに小さく見えた。

――このカレーシチューは、もう決して食べることはできない。

「ああ……あぁぁ……！」

改めて突きつけられた事実に、甘利田も悲痛の声を上げ、膝から床に座り込んだ。そこには、さっきまで子どもたちの動きを抑えていた教師としての面影はない。ただの給食好きの嘆きがあるだけだった。

直前までしっかりシミュレーションしていた、カレーパン。今となっては、もう実現が不可能な給食。今日こそは神野に勝つ。奴より早く作って見せて、うまそうに食べる。その願いが、目の前の現実によってすべて崩れ去ってしまった。

「……」

生徒たちも動揺し、絶望に表情を曇らせる中――甘利田のすぐそばで、神野はぶちまけられたカレーシチューをじっと見つめていた。さっきまでは同じように驚き動揺していた神野だが、このときは何かを考えているようだった。

「！」

そして何か閃いたのか、生徒たちをかき分けて廊下を走り出した。教室には戻らず、ただまっすぐ走っていった。

それに気づかず甘利田は、床を汚すカレーシチューを見つめながら、絶望の叫びをあげ続けていた。その姿を、誰も笑うことはなく、生徒たちもただ一緒に嘆くのだった。

廊下を生徒たちが協力して片付け終わった頃には、校内放送の校歌が流れ始めていた。だが、一年一組の教室には、いつものような斉唱は響いてこない。皆席についてはいるが、暗い表情でトレイを見つめている。俯く者もいれば、涙をハンカチで拭いている女子生徒もいた。辛うじて校歌を口にしている生徒もいたが、大半の生徒はただ黙っている。他の教室からの声が聞こえるくらい、一年一組は静かだった。

御園は白い箱を持って日直と共に配膳台の前に立ち、歌いながらも浮かない顔で生徒たちの様子をうかがっていた。

校歌の放送が終わる。誰も何も言わない、重い沈黙に支配された教室。

自席に座っていた甘利田が、「いいか」と声をかけて立ち上がり、前に出た。

「配膳室に問い合わせたが、残念ながら今日のおかずの余りはないそうだ。今日、一組は大きいおかずはなしだ」

現状が何一つ変わらない言葉に、生徒たちの表情も変わらない。

「皆、がっかりしていると思うが、当番を恨むことはないように」

同時に、給食当番としてワゴンを動かしていた児島、藤田、高橋たちが、互いの顔を気まずそうに見合っていた。そんな中、「先生、早く食べよう」と誰かが声を上げる。

その言葉を合図に「そうね」と御園が口を開いた。

「おかずはなくなったけど、プロセスチーズが余ったので……一人三個まで、食べていいですから。後で配るので、希望者は言ってくださいね」

持っていた白い箱を生徒たちに示し、努めて明るく告げる御園がそう締めくくると、甘利田が日直に目を向けた。

「日直……いくぞ」

今日の日直は、佐々木と君山だった。表情は暗く、君山はさっきまでハンカチで涙を拭いていた。「給食の時間が嫌い」と言っていた彼女も、「給食」は好きだったのだろう。

甘利田が席につくと、「手を合わせてください」と佐々木が口にする。教室内の生徒たちの様子を確認すると、二人合わせた声で「いただきます」。それに呼応した教室内の「いただきます」は、本当に辛うじて聞こえる程度だった。

そんな沈んだ空気のまま、給食は始まった。

（……寂しい）

甘利田もメガネを外すと、静かにトレイを見つめた。

白い砂糖のかかったアゲパン、牛乳、銀紙に包まれたプロセスチーズ、ちくわの磯辺揚げ。シミュレーションしていたときにはあったカレーシチューがないだけで、トレイの彩りが一気に寂しくなっていた。

悲しみに暮れるように、甘利田は合わせた手をそのままに、じっとトレイを見つめる。

（あまりにも寂しい。まるで花火の上がらない花火大会のようだ。一品欠けただけでなんとバランスの悪いメニューに思えてしまうものなのか。アゲパンなのに、ちくわの磯辺揚げって……アゲアゲじゃないか）

ふと、トレイに向いていた視線が神野を向く。

（奴もさぞ落胆しているだろう。しかし仕方がない。本日はノーサイドだ）

甘利田の現在の心境もあって、神野の横顔はやはり残念そうに映ったのだろう。沈痛な面持ちで頷くと、再び視線をトレイに戻した。

（給食という文化は世界にあるが、配膳から片づけまで生徒にやらせるのは、日本独自のものだ。ということなら、こういう事態も致し方ない。気を取り直して給食を楽しもう）

給食を異様に愛する甘利田。だが、こういった不測の事態に落ち込みながらも、誰も責めず変わらず給食を楽しもうとする。

先割れスプーンを取り、ちくわの磯辺揚げを掬い上げた。

（さっきは若干批判めいてしまったが、私はこのちくわの磯辺揚げが大好きだ）

ちくわの磯辺揚げを見つめる甘利田が、穏やかに微笑む。

（ちくわとは生で食べるもの、という常識を打ち破る画期的な料理。家ではせいぜいきゅうりを詰めるくらいだった）

じっくり見つめたあと、ぱくりと口に運ぶ。すでに冷えてしまってはいるが、油を吸った衣と青のりの香ばしさが口内に広がる。ちくわの原料である魚のすり身の、淡白だが味わい深い旨味とプリプリした食感が楽しい。

（ほんのり冷えて衣がシナシナになった感じが、またいい）

汁物とは違い、出来立てでなければあたたかさを感じられない。だが甘利田にとっては、これが愛すべき「給食」であり、おいしいものなのだ。

その証拠に、甘利田は嬉しそうに頬を緩めつつ、さらにもう一つの磯辺揚げを食べる。

（磯辺揚げの磯辺とは、この青海苔を指す。この僅かばかりの存在が、広大な大海原を感

じさせるから不思議だ）

　今度は一口で食べきらず、半分だけ先割れスプーンに残し、もぐもぐと味わう。

（美味い。ここに、完成したカレーパンさえあればもっと……）

　綿密な計画を立てていたカレーパンのことを、そう簡単に忘れることはできない。

（たとえオイリーオイリーだったとしても、別領域のコラボになったことだろう。重ね重ね残念でならない）

　残念がりながらも、磯辺揚げはあっという間に完食していた。

　ゆっくり器と先割れスプーンをトレイに戻す。トレイにはもう、アゲパン、牛乳、プロセスチーズしかない。一気にトレイの上の寂しさが加速した。

　ちくわの磯辺揚げで少し明るくなった甘利田の表情が、再び寂しさで陰る。

　牛乳瓶を手に取り、キャップを外す。それからアゲパンを左手に持ち、右手で牛乳瓶を持った。（早くも大詰め。こうなったら、豪快に食らうのみだ——いざ）

　大口を開け、アゲパンにかぶりつく。時間が経過していても、少しカリッとした食感は残っていた。パンが吸い込んだ油に火の通った香ばしさ。ザラザラした砂糖の舌触りとしっかり主張する甘さ。給食という「食事」でありながら、お菓子を食べているかのようなワクワク感を甘利田に感じさせる。

　さらにそこに、牛乳を一口。冷たく、ほんのり甘い牛乳が口内と喉を潤す。さらに、油を吸ったパンに浸されたことで、しっとりした落ち着いた味わいに変化する。

(これだ……美味い)

口の周りに白い砂糖をくっつけたまま、甘利田は満足そうに頷きながら咀嚼する。

(一般的には、コッペパンを油で揚げ、砂糖で味つけした菓子パンのことを、アゲパンと呼ぶ。砂糖以外にも、シナモンやきな粉、ココアパウダーなどバリエーションがあるというが、我が校は砂糖一本槍だ)

途中で口の周りの砂糖に気づき、手を口元で往復させてぺしぺしと払う。その後牛乳を一口飲むと、アゲパンと牛乳をトレイに置いた。代わりに、銀紙に包まれたプロセスチーズを手に取る。

(はい、プロセスチーズで休憩)

少し放心したような顔で、プロセスチーズをぱくり。アゲパンと牛乳で甘くなっていた口の中を、プロセスチーズの滑らかな食感と塩気で休ませる。他のチーズのようにクセがない分、口の中の雰囲気を変えるにはちょうどいい。

(はい再開)

一気にプロセスチーズを食べ終えると、残りのアゲパンを手に取りかぶりつく。

(作ってから時間が経過して硬くなってしまったパンをおいしく食べられるようにと考えた調理師が完成させた。何よりも、学校で甘味を食すという、いけない感が凄まじい快感

を呼び起こす）

　アゲパンを食べ終えると、シミュレーション通りの動きで手をはたいて砂糖を落とす。むしろシミュレーションのときより入念だった。

　最後に残った牛乳を一気に飲み干しトレイに空の牛乳瓶を戻し——本日の給食、終了。

（……本日は、消化不良なり）

　あるものを精一杯楽しんだとしても、ぽっかりと空いてしまったカレーシチューの穴を埋めることはできなかった。

「……ごちそうさまでした」

　椅子の背もたれに倒れ込むことはなく、中身がなくなったトレイを見つめたまま、甘利田は静かにそう呟いていた。

　自分の給食が終わり、日課のようになっている神野の動向をうかがう。

（あいつ！）

　ぎょっとして身を乗り出し、メガネをかけた甘利田の視線の先——トレイには火のついたアルコールランプが置かれており、石綿金網の上には蒸発皿があった。

　そしてその中には——溶けてドロドロになったプロセスチーズが沸騰していた。

（何をやってるんだあいつ）

　器の中に一口大にちぎったアゲパンを並べ、神野はじっとチーズを眺めていた。

（チーズを……あたためている……何をしようというのか……）

さすがにこの光景は、甘利田だけでなく周りの生徒の視線をも集めている。

「……」

一番近くにいる藤井の顔に、いつものにこやかな表情はない。戸惑いと、呆れにも似た様子で神野とアルコールランプを見つめていた。

（いや、そんなことより、教室で火を使うとは……さすがに看過できん）

教師として注意しようと、席から腰を浮かしたところで——神野が動いた。

先割れスプーンで切ったアゲパンの一つを突き刺す。それをチーズの入った蒸発皿に落とすと、熱で柔らかくなったチーズをスプーンで掬い、アゲパンに絡め始めたのだ。

（それは……まさか……！）

チーズを絡めたパンを、スプーンで掬って持ち上げると、チーズが伸びる。スプーンを口元に持って来た神野は、そのまま食べずフウフウと息を吹きかけた。

（噂に聞く、チーズフォンデュってやつじゃないか！）

適度に冷ましたチーズの絡んだアゲパンを、ぱくり。

（アゲパンの甘さを、溶かしたチーズが包み込んで独特の風味に仕立てている。菓子パンを、一つ上の食材にランクアップさせようというのか）

甘利田が衝撃を受けている間も、黙々と食べ続ける神野。

(しかしあいつ……なんでこんな、強引な真似を……)

その間も、周りの生徒たちや御園は、得体の知れないものを見るような目で、神野の様子をうかがっていた。

(火を使って調理するなど……そんなやり方は、タブーだ。給食道に反する行為じゃないのか)

給食道がどこまで許されるものなのかはともかく。神野は今までも、強引な手を使わなかったわけではない。だが火を使えば、さすがに止められてもおかしくない。その領域を、神野は理解していなかったとでもいうのか。

そんな疑問を悟ったかのように、神野がふと甘利田のほうを見た。

(なんだ……その顔は)

いつもだったら、得意げな笑みで見せつけるように食べていくはずの神野。だが彼は今、少し気まずそうな、悲しげな顔をしてすぐに視線を外した。

(そうか……違うプランがあったんだな)

神野の無茶な行動と、沈んだ表情。同じ給食好きだからこそ、甘利田は気づいた。

(それが叶わなくなって、急遽実行に移したのが、このプランBだったんだ。だから、理科室から実験器具を調達するなどという、奴らしからぬ邪道な手に出た。教室に火を持ち込むというタブーを冒してまで……お前は諦めなかった)

周りからの視線を一身に浴びても、神野の食べる手は動き続ける。

(なんて奴だ……私はカレーがなくなった時点で諦めていた。あとは豪快に食らうだけと丸めて捨てるように考えてしまった。だが、奴は違った。まだ諦めてなかった)

甘利田の脳裏に、ついさっきの出来事——目の前でカレーシチューがぶちまけられた瞬間が再生されていた。

(人生には、いつも何かが起こる。何かが起こったとき、そいつの生き様が出る)

絶望に膝を折った甘利田と、すぐに立て直しの準備のため廊下を走った神野。

(……私は、恥ずかしい)

いつの間にか椅子に座った甘利田は、神野の給食を最後まで見守り続けた。

すべてのアゲパンを食べ終え、アルコールランプにフタをして火を消す。手を合わせ、

「ごちそうさまでした」と呟いた。

(——また負けた。今日私は、人としても……負けた)

今までで一番の敗北感を味わいながら、甘利田は神野を見つめ続けていた。

「……」

そんな神野を最後まで見守り続けた藤井。笑顔の消えたままの彼女の手は、何かを確かめるように、自分のアゲパンに触れていた。

放課後。生徒たちは校門を出てそれぞれ帰路につく。

一年一組では、三者面談が行われていた。教室の机を二つずつ向き合うように並べ、片側には甘利田と御園、反対側には藤井マコとその母親が座っている。正確には四者面談だ。

藤井の母親はよく喋る女性で、勢い任せに娘について語っていた。その向かいに座っている御園は、困ったように笑いながら相槌を打って相手をしている。

その隣の甘利田と藤井は、共に藤井の母親の声などまったく聞こえていないかのように、俯いて口を閉ざしていた。

始まったときはまだ昼下がりだったが――藤井親子との面談が終わった頃には、もう夕日で辺りがオレンジ色に染まっていた。

藤井の母親と御園は最初に教室を出て「今日はありがとうございました」「これからもよろしくお願いします」と互いに挨拶をしている。

その横を、無表情の藤井が通り過ぎた。母親はそのまま廊下の奥へ進むのに対し、藤井は教室前――面談待ち用に用意されていた椅子に歩み寄る。

そこには、神野が座っていた。

甘利田も後を追って廊下に出た。大人たちが少し距離を取って見守る中、神野の前で藤井は足を止める。

「私、神野くんにはもう、パンをプレゼントしないことにした」

「……」

「あんなことまでするなんて、食べ物で遊んでるとしか思えない」

冷たく、厳しい藤井の言葉。だがそれは、ある意味では自分の行動を顧みた結果だったのかもしれない。

御園は言った。「食べ物はいつか悪くなる」と。それでも「好きな人のためにためている自分が好き」という気持ちから、色んなところにコッペパンを詰め込んでいた藤井。クラスメイトたちがカレーシチューを失って悲しむ中、アルコールランプを使ってチーズフォンデュをするという神野の行動が、どれほど異様に映ったか。

藤井は、神野の行動によって、自分の行動のおかしさに気づいたのかもしれない。

「……さようなら」

黙ったままの神野に、藤井はそう言い残して母親の後を追った。

御園は神野が一人で待っていたことに気づき、歩み寄っていく。

「神野くん、お母さんいらっしゃらないの？」

「仕事しています」

「え、今日三者面談あるって言ったんだよね」

「……」

「言ってないの？」

「御園先生」

神野の反応から何かを察し、思わず声を上げた御園を、甘利田が制した。

「今日は……終わりにしましょう」

ゆっくり二人の元にやってきた甘利田の声は、いつもの険しさや厳しさはなく、どこか寂しげなものだった。

甘利田と神野を見た御園は何か感じるものがあったのか、「あ、はい」とだけ言うと教室に引き返していく。神野は黙って立ち上がると、甘利田に背を向けて廊下を歩き始めた。

「お前……」

甘利田からの呼びかけに気づき、神野は足を止めて振り返る。

「——今日は、頑張ったな」

まっすぐ神野を見つめる甘利田。いつも誰かと対峙するときは無愛想な顔つきの甘利田が、今は励ますように小さく笑っていた。

神野は何も言わない。一見すると表情も変わっていないが——何かに耐えていた。

「よくやった」

そう続けた甘利田の声は、微かに震えていた。伝えきれない色んなものを、その一言にすべて詰め込んだかのようだった。

言葉を発さないまま、神野の表情が揺らいだ。膨らんだ感情を隠すように、深々とお辞儀する。一度膨らんだものはそう簡単には消えず、顔を上げた神野は悲しさとも喜びともつかない表情をしていた。

そしてそのまま、足早に立ち去って行った。

「神野くんのお母さん、今日の面談のこと、知らなかったんじゃないですかね」

一年一組の教室のベランダの縁に手を置いた御園が、校門に向かって校庭を横切っていく神野を見守っていた。

そんな御園の隣に、甘利田も並ぶ。

「神野くんって、謎が多いから」

(私には、奴のことがよくわかる。これは理屈ではない)

御園の言葉に対し、甘利田は内心で呟いた。

(給食というバトルを繰り広げた戦友として、私は奴をリスペクトしている)

最初は、ただ対抗意識を燃やしていただけだった甘利田。実際、神野は頭の固い大人では思いつかないような方法で、給食を楽しんでいた。悔しさと敗北感から、次は負けないと甘利田が意気込んでも、その斜め上を行く神野。

(そんなことをやっている教師と生徒は、我々だけだという自負が、私と奴にはある)

「……私、あと二週間ですね」

会話が途切れたからか、ふと御園がそう口にした。

聞こえているのかいないのか、甘利田の反応はない。その横顔を盗み見てから、御園は改めて甘利田のほうに身体ごと向いた。

「色々お世話になりました」

深々と頭を下げ、そう言い切った瞬間。

「一年延長です」

予想外すぎる言葉に、御園は「え」と声を上げ顔を持ち上げる。

「そうなりました」

気のない声で言いながら、甘利田は空を仰ぐ。突然の宣告に、御園は困っていた。

「嫌ですか?」

「……いえ」

「じゃあ、そういうことで」

(私の戦友、神野ゴウ。この戦いは——二人にしか、わからない)

それ以上何も言わず、甘利田はベランダから教室へ戻っていった。結局何がなんだかわからないままの御園を、そのままにして。

メニュー七

二人だけのカレーライス

常節中学校の朝――全校朝礼。生徒たちは体育館に集まっていた。クラス、学年、男女それぞれで列を作り、舞台を見上げている。

校長である渡田が、木製の演台で全体に話をしていた。

「皆さん、おはようございます」

元気に挨拶する渡田に、全校生徒たちはバラバラに「おはようございます」と返した。朝から立たされて大人の話を聞くのは、生徒にとってはなかなかの苦行だ。元気がないのは仕方がない。それを渡田もわかっているようで、特に気にした様子もなく話を続けた。

「我が常節中学校も、来月で創立一〇〇年という記念すべき日を迎えます。この、節目の一〇〇年という日を迎えるにあたり、この歴史の重みを感じていただきたい」

この日も相変わらず気温は高かった。シャツを使って風を送ったり、手で扇いだりする生徒たちの姿もある。眠気で大あくびをする生徒もいた。

暑さに関しては教師たちも参っているようで、話を聞く姿勢を取りながらも、ハンカチで扇いだり汗を拭いたりしている。

（……そうか。今日という日まで、一〇〇年かかったのか）

その中で、甘利田は微動だにせず、渡田の話を聞いていた。

「さて、我が校の玄関を入りますと、正面に『食育』『健康』の文字が飛び込んできます」

そこまで言うと、渡田は演台の横に移動する。

「健康な身体には、健康な精神が宿る……という教えです」

演台に手を添えると、膝を折って屈伸（くっしん）を始めた。パフォーマンスを見せることで、聞いている生徒たちの目を引こうとしたのかもしれない。

一年一組の列では、君山が一瞬フラッと身体を揺らした。後ろの桐谷が心配そうにうかがっている。

「では、健康な身体に必要なものは何か……食事です」

だらけている生徒たちの中、神野だけは真剣な眼差しで渡田の話を聞いていた。

甘利田も同じように、じっと舞台上の渡田を見て話を聞いているように見える。

（今日……ついに我が校に、米がくる！）

しかし気持ちは、今日の給食に支配されつつあった。

「こう毎日暑いと、どうしても集中力が切れます」

話を続けつつ、汗を拭いながら渡田は舞台から降りてきた。マイク無しでも通る声だ。

「でも、そんなとき食事がきちんと取れてなかったらどうなりますか？」

並ぶ生徒たちの先頭まで来て、全体を見渡すように歩きながら話を続ける。

「……たちまち、弱ってしまいます」

渡田がよろけるふりをして見せた。すると、先程フラついていた君山が、本当にバタリと倒れた。慌てて後ろにいた桐谷が介抱のため座り込む。

「！」

その様子に気づいた御園が、周りをうかがい助けにいこうかどうか迷っているうちに、他の教師が飛び出していく。教師たちのところへ連れて来られた君山は、他の教師たちが準備したパイプ椅子に座らされた。

甘利田はニヤついて米に思いを馳せたままで騒ぎにまったく気付かなかった。

(待ちに待った米飯給食。開校一〇〇周年に合わせてくるとは、校長も粋なマネをするじゃないか)

そんなことが起きつつも、渡田の話は進んでいた。

「……では、来年まで延長して当校で教鞭を取っていただくことが決まりましたので、改めてご挨拶をお願いしたいと思います」

言いながら、渡田は教師たちのいるところまで歩み寄ると、「さ、御園先生」と声をかけてきた。君山を気にしていた御園は、話の流れをよく理解していない。さらには。

「あの、聞いてない……」

そもそも、こういう流れ——全校生徒の前で挨拶をする、ということそのものを、御園は知らなかったのである。隣にいる甘利田に「あの……」と助けを求めようにも、未だに米飯給食に意識が向いているため、まったく気付いてもらえない。

結局、舞台の下まで渡田に連れて来られた。おどおどしている御園に、「頑張れー」と声援とも野次とも思える生徒たちの声が上がった。仕方なく、舞台に上がっていく。

体育館の時計は、八時三三分を指していた。本来ならそろそろ朝礼が終わる頃。

突然、神野は列を抜けて歩き始めた。御園に対する声援で盛り上がっていたこともあり、ほとんどの生徒、教師たちも気に留めていない――神野の隣にいた、藤井を除いて。

御園は演台のマイクに向かう。しばらく「あの」と言葉を繰り返すだけだったが、少しずつ話し始めた。

「あの……やっと、ちょっとみんなのことがわかってきたな……と、思っています。前任の磯田先生のお子さんが……無事生まれて、育児休暇(きゅうか)を取られるようなので……まだまだ未熟ですが、これからもどうぞよろしくお願いします」

最後に生徒たちに向けて頭を下げると、盛大な拍手に包まれた。渡田の話の時とは違い、皆まっすぐ御園を見ていた。倒れて介抱されていた君山、教師たちも、あたたかい笑顔で拍手を送っていた――甘利田一人を除いて。

(いても立ってもいられない。米がくる。アメリカのことをなぜ「米(ベイ)」というかは知らんが、これは給食における黒船来航(くろふねらいこう)だ！)

拍手喝采(かっさい)の中、頬を緩めに緩めている甘利田なのだった。

体育館を出た途端、神野は走って一年一組に戻った。教室内を横切ってベランダに出る。外の熱気と、夏空から降り注ぐ容赦ない日の光が神野に襲(おそ)い掛(か)かった。

だが神野は暑さを気にした様子もなく、校門の向こうの道路を見つめていた。何かを探しているようで、より遠くを見ようと視線を動かしていく。

すると、後ろから足音が聞こえてすぐ「神野くん」と呼ぶ声がした。振り返ると同時に、足音の主――藤井がベランダに出てきた。

「……何してるの?」

藤井は声をかけつつ、少し距離を取って神野に並んだ。神野が再び校庭の先を見ると、藤井も同じ方向へ視線を向ける。

「待ってるんだ」

「何を?」

「……今日、初めてごはんが出るんだよ」

「ごはん?」

「ごはん」

藤井が不思議そうにしていることに気づいて、神野は藤井に顔を向けた。

「お米の」

「……へぇ」

「もうすぐ、給食センターのトラックがくる時間なんだ」

「神野くんは、給食がごはんになるのを待ってたんだね」

小さく笑いながらの藤井の言葉に、神野は「うん」と短く返した。

その返答に、再び藤井から笑顔が消える。少し寂しげな、沈んだ表情。

「……じゃあ……もう本当に、パンはいらないんだね」

神野は、ただ藤井を見ることしかできなかった。藤井がどう返してほしいのか、どう返すことが正しいのか、今の神野にその答えはわからない。

「あんまりそんなとこにいると、熱射病になっちゃうよ」

そう言い残すと、藤井は悲しげな表情のまま教室に戻っていった。

藤井の背中を見送ると、神野は忠告を無視して再び校門の向こうへ視線を向けた。もっと遠くまで見ようと、縁に身を乗り出す。

数秒後――パッと明るい表情になった神野は、急いで教室の中に引き返した。

朝の配膳室は忙しい。給食センターから届けられたものを運び込むためだ。

それでもお構いなしに、神野はいつも通り平然と——いつも以上に急いで配膳室に駆け込んだ。

出入り口近くにいた牧野が、「ああちょっと待った！」と神野を制して外に押しやる。

「入ってきちゃダメよ、今忙しい……」

「確認したいんです！　お願いします！」

その勢いで再び中に入ろうとするも、やはり牧野に止められる。

「何を興奮してるかねこの子は」

「一目だけ確認したら、すぐ戻りますから！」

その間も「どうどう」と言わんばかりの牧野に押さえつけられている。

「だから、何を確認したいのよ」

「今日の献立……」

「——神野」

呼び止める声に、ピタリと動きが止まる神野と牧野。二人が顔を向けると、甘利田が腕時計を見ながらやってくるところだった。

「もうすぐ授業だというのに、こんなところで何をやっている」

「あら、甘利田先生。なんか、確認がどうとかって……色々言うんですよ」

困り顔で事情を説明する牧野。甘利田はいつもの険しい表情で神野を見据える。

「学校は勉強するところだ。学校で確認していいのは、勉強のことだけだ。教室に戻れ」

反論せず、無言でペコリとお辞儀すると神野は廊下を歩き去って行った。神野を見送ると、牧野は作業に戻りつつ呆れ声で言う。

「まったく、あの子の給食好きには呆れますよ。まぁ、こっちは少し嬉しいですけど」

言葉通り、呆れながらも少し笑っている牧野。

その話を聞きながら、甘利田は立ち去る様子もなく配膳室の中をうかがっている。しばらく作業に戻っていた牧野が、ふとその存在に気づいた。

「……あの、先生も……何か？」

「いや……朝から、大変ですね」

明らかに気遣うよりも興味津々の視線だった甘利田だが、牧野は気づかなかったようで。

「ええ、もう！　今日は勝手が違うんですよ今日は」

「勝手が違う？　はて、今日は何かあるんですか？」

突然、わざとらしい抑揚のない話し方になる甘利田。そんな甘利田に、牧野はスクープを話すように楽しげに続ける。

「今日は、初めてお米のごはんなんですよ。パンじゃなくて」

「へえ、そうなんですか」

甘利田の声が少し裏返る。

「しかも、カレーライス！　だから子供たちも喜びますよ」
「ははは っ」
　そしてついに、突然笑い出した。たまらずと言った笑いに会話が途切れると、最後に
「そうですね」と締め、ニコニコと上機嫌なまま甘利田は配膳室を去っていくのだった。
　――給食を愛する甘利田が、今日の献立を知らないはずがない。「確認の確認」の結果、
今日のカレーライスが不動だと確信した瞬間だった。

　職員室に戻ってきても、甘利田のテンションは上がったままだった。
　ただ周りから見ると、真剣に献立表を見つめたまま動かないので、どれほどテンション
が上がりソワソワしているかは伝わりにくいだろう。
　隣にいる御園は、甘利田とは違うことでソワソワしていて、甘利田に話しかけてきた。
「期末試験の問題頼まれちゃったんですけど、これいつも同教科の先生たちと話し合って
決めてます？」
　反応がない甘利田に、教科書を見ながら話し続ける御園。
「現国の出題って決まってるじゃないですか。特に読解。教科書に載ってる名作が中心で、
あとは……童話とか。これ、変えちゃっても大丈夫でしょうか」

「……」

「たとえば……三島とか」

真剣に話しかけられ続けているのに、甘利田は献立表を見て頬を緩めていた。そして頬杖をついている手がその顔を隠しているため、御園は何も気づいていない。

「やるからにはとことんと思って……自分の色というか、爪痕を残したいっていうか」

妄想し続けている甘利田。気づかず続けていく御園。

「私、三島由紀夫が好きなんです。中一にはキツいと思いますけど、あえて三島の読解問題を出したいと思ってるんですけど……甘利田先生、どう思いますか？」

「……」

「先生？」

そこまで言い切って、初めて甘利田の様子がおかしいことに気づいた御園は、甘利田の顔を隠している頬杖をついた手を引っ張った。

瞬間現実に戻った甘利田は、緩み切った頬を引き締め、慌てて献立表を引き出しに突っ込んだ。慌てすぎて一瞬指を挟み、苦痛で表情を歪めながら「あ？」と御園を見る。

「……聞いてました？」

目を真ん丸にして甘利田の一連の動きを見ていた御園。疑わしげな声で問う。

「なんとなく」

「なんとなくって……」

「出せばいいじゃないですか、三島」

「聞こえてるじゃないですか」

さらに目を見開き鋭いツッコミを入れる御園。

「市ケ谷で割腹した人でしょ」

「そこはいいじゃないですか……」

「専門外です。お好きなように」

投げやりにいうと、誤魔化すようにカップに口をつける甘利田。その様子を、御園は少し悲しそうな顔で見つめる。

「……先生、いつもそうですけど、今日は特に冷たいですね」

「そう見えますか？」

表情のない甘利田がまっすぐ見つめると、御園はこくこく頷く。

「すごく見えます」

「……大丈夫です。今日は、元気出ます」

その答えに「え？」と目を細める御園に対し、甘利田は周囲を見渡すと、上半身を近づけてきた。内緒話だと理解し、御園も応じる。

「……今日は、銀シャリです。しかも、カレーですよ」

それを聞いた御園は、無言の視線で「何を言っているんだ」と甘利田に示した。

「あ、関係ないですね」

「……関心、やっぱりそこなんですね」

視線の意味を理解した甘利田は、小さく笑って身体の位置を元に戻す。

御園は呆れながらも——ふと、給食について甘利田が自分から言ってきたのは初めてだ、と気づいた。むしろ浮かれているのだとわかって、思わず苦笑するのだった。

「三島由紀夫は、大正一四年、東京の四谷に生まれました」

現国の授業になり、御園は一年一組の生徒たちにプリントを配付していた。手元のプリントを見ながら、生徒たちは説明を聞いている。副担任の授業を見学する、という形で自席にいる甘利田だったが——当然、御園の授業内容など聞いているわけがなかった。

（この記念すべき日。奴は何を仕掛けてくるのか）

机に向かい、ノートに何か書きつけては、考えに耽るように顔を上げる神野。その様子を見ながら、甘利田はまたもや今日の給食について考えていた。

（米飯にカレーでカレーライス。しかもサイドメニューになんと一口カツという、これはもうカツカレー以外ありえないわけで。それで済ませるはずがないのが……神野ゴウ）

予想を立てつつ、神野の様子を観察し続ける甘利田。

神野の鉛筆の動きは、やはり文字を書く動きではない。彼も彼で、いつも通り給食の絵を描いているようだ。その手がふと、止まる。

「……！」

真剣な表情がだんだん緩んでいき、明るい表情にまで昇華する。神野は思いついた何かを噛みしめ、さらにニヤニヤし始めた。

（なんだ、なんだその顔は……こいつ……何を思いついたんだ）

再びノートに戻ると、嬉しそうに笑いながら鉛筆を走らせる。そんな神野を、甘利田は真剣な表情で見つめ続けた。

（これはどう考えても——カツカレーごときでは、ない！）

授業は滞（とどこお）りなく終わり、甘利田は一人廊下を歩いていた。眉間に皺を寄せた険しい顔つきで、休み時間でリラックスしている生徒たちの間を進む。

（なんだ……奴は、何を思いついた？　この記念すべき日に、せめて完敗は避けたい……焦るな。献立を思い出せ。今日は米飯、カレー、一口カツ、これにいつもの牛乳に……デザートのりんご。あとは——コールスロー！）

穴が空くほど凝視していた献立表の文字を思い出すと、目を見開き立ち止まった。

（キャベツやきゅうりをマヨネーズ的なもので和えた、あれだ。あれを何かに使うのか？

カレーにコールスローをぶっこむ……いやいやいや、どう考えてもうまくないだろ）

色々想像しかけて、すぐに却下（きゃっか）する甘利田。

（なんだ？　何を思いつい……）

甘利田が悩み抜く中、前方──配膳室の方から、神野が走って来た。

咄嗟に「こら走るな！」と甘利田は厳しい声で注意したが、甘利田の横を通り過ぎても
神野は走り続けた。少し遅れて、牧野が配膳室から出てくる。

「いやぁ、大変大変！」

慌てている牧野に、「た、大変？」と戸惑うように訊き返す甘利田。

「ごはんが、来ないのよ」

「は？」

「他のおかずは来てるのに、ご飯だけ来なくて。おかしいなーって思って連絡したら」

甘利田の表情が強張る。嫌な予感がしたのだ。

「給食センターが、間違って北中に送っちゃったっていうのよ。代わりにうちには、常節
北中学に送るはずのパンが、配送されちゃって」

「……そ、それで奴は？」

牧野の話を愕然として聞いていた甘利田は、ふと我に返った。

「そんなの許せませんとか言って、米を取り返すんだとか言って」

焦った様子で、身振り手振りで神野が言っていたことを再現しながら牧野は答える。

「米を取り返す？」

「そう！　そんなの諦めなさい、って言ったんだけど」

「それはマズイな」

「そうよ、またごはんの日もあるんだから」

「北中に迷惑をかけるわけにはいきません。失礼」

甘利田の反応に「え」と動揺する牧野に、出席簿などを押しつける。そのまま、甘利田も廊下を走って神野を追い始めた。

「ちょ、先生！」

背中に声をかけるも、甘利田は振り返ることなく走り去っていった。その背中を見送りながら、牧野は苦笑する。

「……あーあ、やっぱ似てるわ、あの二人」


「児島くん」

その頃、神野は、校舎裏まで来ていた。もうすぐ授業が始まる時間だが、藤田、高橋は各々遊んでいる。児島はスタンドを立てた状態の自転車に乗り、ペダルを漕いでいた。

「自転車を……貸してください」

「何言ってんだよ。嫌だよ」

「お願いします」

すげなく断られても、神野は引き下がらない。児島のすぐ近くまで歩み寄った。

「すぐ授業だろ。借りてどこ行くんだよ」

「北中」

「北中？　何しに？」

「……殴り込み」

「お前が？　なんで？」

児島が初めて、興味を持って神野にたずねる。

「許せないことがある」

児島からすれば、いつも給食のことになるとニヤニヤする神野は得体の知れない存在だった。それは今も変わらない。だがそんな神野が真剣に、児島と向き合っている。

「迷惑はかけないから」

必死に言葉を募らせる神野に、児島は妙に心動かされつつあった。

「……一緒に、行こうか」

「僕一人でいい」

意外にも優しさを感じる申し出にも即答。児島は小さく頷いた。

「いい？」

「ああ、使えよ」

そう言って自転車から降りる児島。「ありがとう」と言いながらスタンドを倒し、神野は明け渡された自転車をすぐに発進させる。

「おい、ヘルは？」

神野は飛び乗ると、児島の言葉を「いい」と制して走り去っていった。

それ以上言葉もなく児島、そしてその様子を眺めていた藤田と高橋も、呆気に取られながら見送った。

「殴り込みにヘルメットもねぇか……あいつ、あんなキャラだったっけ？」

困惑してたずねる児島に、藤田も高橋も返す言葉はなかった。


校庭に出てきた甘利田は、辺りを見回していた。

すると自転車に乗った神野が、外の道路を走っていくのが見えた。走って追うも、自転車はどんどん速度を上げて遠ざかっていく。

走って校庭を囲う植え込みまで来た甘利田は、そこで作業をしている人影を見つけた。児島哲雄の父親だ。授業参観のときと同じ作業着姿で、植栽の手入れをしていた。

植え込みの通路部分から、自転車のハンドルがはみ出ているのが見える。

「あの、すいません」

「はい？」

「自転車貸してください」

慌てて自転車まで駆け寄る甘利田を見て、児島の父は驚きの声を上げた。

「あれ、甘利田先生じゃないですか」

「そうです」

「息子がいつもお世話になってます。児島哲雄の父です」

丁寧に挨拶をする児島の父だが、甘利田はそわそわしながら自転車に乗った神野の姿が小さくなっていくのを目で追う。

「近くで造園屋やってましてね。今日はこの辺の植え込みを」

「すみません、急いでまして。自転車、お借りしてもいいですか」

「え、いいですけど」

許可と同時に、素早くハンドルを握ってスタンドを倒す甘利田。特に気を悪くした様子もなく児島父は続ける。

必死に神野の後を追い続けた。


「どちらに？」

「殴り込みです」

一瞬「え」と児島父は驚くが、すぐに自転車にまたがる甘利田に走り寄った。

「殴り込みだったら、これ」

大きな刈り込みバサミを差し出す児島父を「結構です」と一蹴し、甘利田はペダルを漕ぐ速度を上げた。

すでに、神野の姿は見えない。だいぶ引き離されてしまったようだ。それでも甘利田は、必死に神野の後を追い続けた。


神野は、無事常節北中学校に到着した。玄関前で自転車を停め、中に入る。だがよその学校の校舎の構造などわかるはずもなく、とりあえず校内を歩き始めた。

「――ちょっと君」

声に振り向くと、ちょうど階段を下りてきた教師が神野に向かって歩み寄ってきた。半袖の白シャツにネクタイ、紺色のスラックス。出席簿や筆記用具を持った中年の男だ。

本来生徒が校内を歩いている時間帯ではないからか、注意しようというのだろう。

「何してるんだ……ん？」

近くまで来ると、見覚えのない生徒だと感じたからか名札に視線を落とす。

「あれ、君うちの生徒じゃないな」

「常節中学校、一年一組、神野です」

妙に落ち着いた様子で、自身の身分を明かす神野。話しかけてきた男は、常節北中学の教師・五条川と名乗った。

「トコ中の生徒が、こんな時間にこんな場所で、何やってるんだ」

「今日、うちに来る予定のごはんが、間違ってこちらに配送されたと聞きました」

「え、そうなの？」

神野の言葉でさっきまでの詰問口調が緩んだ。

「それで、ごはんを戻していただきたいと思いまして」

「戻してって……君一人で？」

「僕一人では運べませんので、給食センターの車の手配をお願いできませんか」

「いやそれは……難しいと思うけどな……え、でも、今日そっちはごはんだったのか」

少しずつ険が取れてきた五条川の言葉には、好奇心が生じている。五条川も給食が好きなタイプなのかもしれない。

「……今は、こちらに来てますが」

「ああそうか……でももう、四時間目も終わるし諦めなさい。それに」

五条川は言いながら神野の前まで来ると、ぽんと神野の肩を叩いて続ける。

「そんな理由で、学校を抜け出してはダメだろう」

すでに神野を叱る厳しさはなく、友好的に諭そうとする人の好さがうかがえた。根は生徒に優しい教師なのだろう。

だが——神野の給食好きは常軌を逸していたのである。

「そんな理由とはなんですか！」

声を荒らげ、真剣な表情で五条川に詰め寄る神野。思わず一歩下がる五条川。そんな神野に何か感じるところがあったのか、そのまま押し黙ってしまった。

「——どうしました」

すると、二人の間に声が割って入った。声の元を振り向くと、ジャージ姿の体育教師と思しき男性が近づいてくる。五条川よりは少し若いが、表情の険しさは倍以上だった。

弱気な様子で「いや、それが……」と事情を説明しようとする五条川。だが体育教師はそれを聞くことなく、神野の前に立つ。

「その制服と名札、トコ中だな」

「常節中学校、一年一組の神野です」

再び名乗る神野。だが体育教師は、五条川とは違う行動に出た。

「まったく、トコ中はなにやってるんだ」

「！」

そう言うと、有無も言わさず神野の襟首(えりくび)を摑んだ。そのまま玄関まで引きずっていく。

「生徒をこんな時間に野放しにするなんて」

「お願いします！　話を聞いてください！」

「迫田(さこた)先生、この子なりに理由があるみたいなんで、そんな手荒に……」

必死に食い下がる神野。五条川も間に入り、体育教師――迫田を止めようとする。

「子どもの言い訳全部聞いてたら、キリないですよ。それに、よその生徒が授業中に抜け出してきて、叱らない教師がどこにいますか」

「そうなんですけど……」

迫田は、五条川の言い分も容赦なく切り捨てる。その言動を体現するように、迫田は神野を開いている扉の前に放り投げた。

「自分の学校に戻りなさい。二度とバカなマネするんじゃねぇぞ」

迫田のその言動は、教師という立場から神野を見下しきっていた。自分は何も間違ったことはしていない、おかしいのは神野だ、と。

一般的な常識で考えれば、迫田の言い分は正しい。だが、譲れない大事なものを持つ人間からすれば、それだけが正しいとは限らない。

そう考える人間は――神野の他にも存在する。

「――バカなマネとは何だ」

無愛想な鋭い声に神野が振り返ると、玄関の開け放たれた扉の向こうに甘利田が立っていた。後ろには、児島の父から借りた自転車がしっかり停められている。

「バカなマネとは何だ、と聞いている」

繰り返し詰問する甘利田に、「あのー、どちら様でしょう」とたずねたのは五条川だ。

「この生徒の担任です」

「……担任。トコ中の教師なら、この生徒どうにかしてくださいよ」

呆れと侮蔑を隠そうともせず、投げやりに神野を指し示す迫田。このまま何事もなく甘利田が神野を連れ帰ってくれることを、疑ってもいないようだった。

「どうにかはするが、その前にこっちが聞いている」

言いながら、甘利田は扉から玄関の中に入った。

「神野は、間違いを正しにきただけだ」

放り出され、地面に倒れたままの神野に視線を向ける。神野も甘利田を見上げていた。

「バカなマネなどしていない」

「……どういうことだ？」

「あ、なんか今日の給食の献立が、誤配送だったみたいで」

五条川から改めて説明され、迫田は初めて事情を知ることになった。

「神野は必死で走って来た。あんたたちにも嚙みついたんだろう。でも正しいことを言っていたはずだ。なぜなら、間違えたのは大人のほうだからだ」

大真面目に言い切る甘利田の話を、五条川は真剣な表情で聞いていた。だが迫田はますます呆れ顔になる。

「だからって、こんな時間によその中学に乗り込んでいいわけないだろうが」

当たり前のように言い募る迫田をまっすぐ見据えながら、甘利田は歩み寄る。

迫田の目の前に立つと同時に、不意を突いて甘利田は迫田の襟首を摑んだ。

「ちょ、何すんだよ！」

声を荒らげて抵抗する迫田を、甘利田は力任せに振り回すと近くの靴箱の壁に押しつけ、床に放り投げた。神野が、迫田にされたのと同じように。

「あなた、神野にこうしてましたね。どうですか、気分は」

荒々しい動きに反し、甘利田の声は妙に落ち着いていた。

迫田が「警察呼ぶぞ」と叫ぶと、甘利田は再び飛びかかり迫田の襟首を摑む。恐怖に身を縮めた迫田は、腕をクロスにして防御態勢を取った。

「これは、罪人に対する行為だ。神野は罪人じゃない。間違いを正そうとしただけだ」

口調は淡々としているが、顔は紅潮し、目は真剣そのものだった。単純に「怒り」という感情に支配されているのではなく、甘利田自身の「想い」が込められていたからだ。

「たとえ方法はどうあれ、子供の真剣な姿に触れ、その姿が間違っていなかったとき……大人はたとえ大人であっても、負けを認めなくてはならない」

甘利田の脳裏を過るのは、何度も神野によって敗北感を味わったときのこと——給食を真剣に楽しむ工夫や、姿勢を見せつけられたときのことだ。

神野の給食に向き合う姿は——いつも、真剣だった。

「まけ……負け、ですか？」

五条川は、甘利田の気迫に押されながらも、何かを感じ取っているようだった。

甘利田の手の力が抜けていることに気づいた迫田は、手を振り払う。

「早く、連れて帰ってくださいよ……今からじゃどうしようもないの、わかるでしょ」

地面に転がったまま、か細い声で返す。先程の威勢はなく、完全に気力を喪失していた。

「……帰るぞ、神野」

そう声をかけると、甘利田は立ち上がり、座り込んだままの神野を通り過ぎて自転車に向かう。ゆっくり立ち上がり、神野も自転車の元に向かった。その様子を、五条川は静かに見守っている。

その視線に気づくこともなく、二人は自転車を押して校門へ向かった。何も言わず、自転車を押して校門を目指す。校門を出ても、しばらくその沈黙は続いた。

だが少しすると、神野は小さくしゃくりあげ始めた。最初のうちは耐えていたのが、涙声が徐々に大きくなる。

「……泣いたら負けだ」

甘利田からの言葉にも耐えきれず、神野の目には涙がたまっていた。甘利田が足を止めると、自然と神野もその場に立ち止まる。

「お前は勝った」

その言葉に引き寄せられるように、神野は顔を上げて甘利田を見た。

「……米は、また出る」

慰(なぐさ)めの言葉にも、神野の声は止まらない。諦めて、甘利田は再び歩き出そうとした。

「──すみません！」

そのときだった。大きな声に甘利田と神野が振り返ると──校門の前に、小さな紙袋を持った五条川が立っていた。


御園は、一年一組の教室でじっと待っていた。校庭からは、五限目の授業である体育に励む生徒たちの声が響いてくる。

不意に、教室の引き戸が開かれた。慌てて立ち上がり、扉を開けた主──甘利田と、神野に駆け寄る御園。

「先生、どこ行ってたんですか？」

「……誰もいませんね」

問いには答えず、御園以外誰もいない静かな教室を見渡す甘利田。

「五時間目は、体育なんで……神野くんも、一緒だったんですか？」

よく見ると神野と甘利田は小脇に同じ小さな紙袋を抱えている。

「ええ……給食、終わってしまいましたね」

それを聞いた瞬間、御園は得意げに笑って見せた。

「用意しときましたよ」

そう言って身体を避けると、窓際には二つの机が向かい合うように並べられていた。その上に、二人分の給食のトレイが載っている。

「冷めちゃいましたけど……」

神野は嬉しそうに笑い、甘利田は意外そうにそのトレイを見つめていた。

「いや……ありがとう」

「ありがとうございます」

嚙みしめながらトレイを見つめた後、甘利田と神野は礼を述べた。

二人の反応に、御園は満足げに「どういたしまして」と返す。

「じゃあ、二人で食べてくださいね」

そう言って、御園は教室を出ようと歩き出す。神野の背中を「やったな」と叩く甘利田が、御園と入れ違うように窓際の机に向かう。

「……」

廊下に出た御園は、少し離れた場所からそんな二人を見守っていた。

御園からすれば、いつも上の空で給食のことばかり考えている甘利田はもちろん、給食に何かしら手を加えて食べる神野の給食に対する執念は異常だ。

彼らは、いつからこんなことをしているのだろうか。赴任してきた日から、その片鱗(へんりん)は御園にも見えていたのだが――

二人は向き合って椅子に座ると、まったく同じ表情でトレイを見つめている。

嬉しそうで、期待に満ちた笑顔。

それを見た御園は改めて、二人にしか見えていない何かが見えたような気がした。

教室には、甘利田と神野の二人だけが残った。

二人の目の前には、コールスローと同じ器に入った一口カツ、牛乳、デザートのりんご、カレー――その隣に、コッペパンが添えられている。

手を合わせ、「いただきます」と甘利田と神野は声を合わせた。二人で目を閉じ、給食の始まりを噛みしめる。

「……先生」

「……おう」

一足先に目を開けた神野に促され、甘利田は膝の上に置いた紙袋を手にした。倣うように、神野も同じ紙袋を開けて中身を取り出す。

紙袋の中から出てきたのは——アルミホイルに包まれた丸いもの。

その中身と共に、甘利田は先ほどの出来事を思い出していた。

常節北中学校の教師五条川は、すでに歩き出していた甘利田たちを追って、校門のところまでやってきた。

「これ、配膳室に頼んで作ってもらいました……おにぎりです」

突然のことに反応しきれない二人に、五条川はそれぞれ紙袋を渡した。

「握っただけですけど……二個ずつ」

直前まで悔しさと悲しさでいっぱいだった神野の表情が、徐々に明るくなっていく。

「なんか、かえって迷惑でしたか？」

「……いえ」

「……しかし、給食にごはんが出るようになったんですね」

うまく返事ができない甘利田に、五条川は笑いかける。それから神野に顔を向けた。

「これから、楽しみだな」

五条川の明るい声からは、彼自身も、給食にごはんが出ることを楽しみにしていることが伝わってきた。

そんな五条川に言葉は発しなかったものの、神野は嬉しそうな笑顔で応えていた。

それを見た甘利田は、五条川に向けてゆっくり頭を下げる。

「……はい」

五条川の言葉を肯定すると同時に、甘利田は心の底から感謝の意を表していた。

神野の行動を、五条川は認めてくれたのだ。彼が持ってきてくれたおにぎりは、その証でもあった。

改めて、甘利田はアルミホイルを外す。中から、真っ白なおにぎりが姿を現した。一つをそのままカレーに入れ、もう一つの包みを手に取ると、「待って」と神野の声に制された。甘利田は顔を上げる。

「ひとつずつ。じゃないと、溢れちゃいます」

「……わかってる」

誤魔化すようにそう言うと、おにぎりを一度置いて、代わりに先割れスプーンを取っておにぎりをほぐす。ごはんとカレーを絡ませると、先割れスプーンで掬って口に運んだ。とろりとした口当たり、それでいて様々な香辛料(こうしんりょう)の混ざったスパイシーな香りと、ほんのり感じる刺激。野菜や肉が溶け込んだコク、そして白米の粒の食感と甘さ。

時間が経って、とっくに熱を失っている。決して完璧ではない。それでも甘利田は、ゆっくり口を動かし、嚙みしめる。

「……ああ」

楽しみにしていたカレーライスを食べることができた幸福が、甘利田を自然と笑顔にしていた。

甘利田の向かいでは、同じようにおにぎりをほぐしたカレーライスを頰張る神野。その顔は、甘利田同様、幸せそうな笑顔だった。

しばらく二人は、黙々と食べ続けた。甘利田がカツカレーにして食べたり、神野はコールスローとカレーライスを交互に食べたり、同時に牛乳を飲んだり。いつもの二人とは思えないほど、穏やかに給食を食べ進めていた。

「……そういえば」

半分ほど食べ進めた頃、ふと甘利田が声をかけた。

「今日は何を思いついてたんだ？」

甘利田が、直接給食の工夫についてたずねるのは初めてのことだった。二人は常に給食を食べるという行為で交流し、給食について言葉で直接話すことはほとんどなかったのだ。

「何かまた仕掛けるつもりだったんだろ」

再び一口カツを割りながら、さらに問う。

「今日は、ノープランでした」

その一言に、甘利田は思わず手を止めた。

「そうなのか」

意外そうな顔をする甘利田に、神野は得意げに胸を張った。

「カレーは、カレーですよ」

そう言うと、机からノートを取り出しページを開いて甘利田に見せた。そこに描かれていたのは、カレーの色までしっかりついた「カレーライス」。

その絵を見て甘利田は口元に笑みを浮かべると、再び神野を見る。

「……そうだな。カレーは、カレーだな」

「はい」

神野がノートを片付けると、給食に戻る二人。再び、黙々と食べていく。

（――私は給食が好きだ。給食のために学校に来ていると言っても過言ではない。だが、そんなことは決して周りに知られてはならない。ただ心の奥底で、給食を愛するだけ）

自分に言い聞かせるように、いつも甘利田はこの言葉を内心で唱え続けてきた。

「……うまいなぁ」

「……はい」

だが今は、給食を愛する気持ちを、素直に口に出すことができていた。

(私にとって給食は、一人密かに嚙みしめるものだった。しかし私は今、思う)

「りんごやるから、カツくれ」

「はい」

りんごの入った器を押しつけると、一口カツが一つ残っている器を取る甘利田。神野は特に不満もなさそうに、おにぎりの包みを開けている。

そんなやり取りをしながらも、二人は幸せそうに食べ続けていた。

(二人で食べる給食も——悪くないものだと)

——給食を食べる、至福のひととき。

その時間が、いつまでも続くものだと——このときの二人は、疑いもしなかった。

メニュー八

家庭調味料の融合
オーロラソース

常節中学、一年一組。二学期も半ばとなった現在、教室内には不規則に鉛筆を走らせる音だけが響いていた。

生徒たちの机には、筆記用具とプリントが数枚載っている。悩んで手を止める生徒もいれば、迷いなく手を動かし続けている生徒もいた。

教室の前の黒板には、大きく「中間試験」の文字がある。

教壇には難しい顔をした甘利田が、真剣な目つきで教室を見渡していた。

（今日でやっと、中間試験が終わる。私は試験期間が嫌いだ）

試験に対する気力を失い、ぼーっとし始めた生徒の一人が、ふと顔を上げる。

（なぜなら――給食がないからだ）

その事実に改めて不満を滲ませた甘利田の目つきが、より鋭くなる。瞬間、ぼーっとし始めた生徒と目が合った。ビクついた生徒は慌てて顔を伏せる。

それを見て自分の今の表情を自覚し、少しだけ肩の力を抜くと窓の外に目を向けた。

（私は給食が好きだ。給食のために学校に来ていると言っても過言ではない。しかし、そんなことを生徒に悟られてはならない。大人は厳格で威厳を持ち、子どもの模範であらねばならない。学業以外に興味の中心があるなどと、決して……）

教室内で、甘利田の給食好きは密かに知られている。だがそのことを生徒たちがわざわざ指摘することはないため、甘利田自身はまったく気付いていないのだった。

外を見ているうちに、試験終了を知らせるチャイムの音が響き渡った。その音を耳にすると、甘利田はすぐに反応した。

「やめ。答案を回収する。後ろから回せ」

指示に従い、後ろから答案用紙を回していく生徒たち。試験の終わった解放感に晴れやかな顔をする生徒。試験の出来が悪かったためか放心状態の生徒。反応は様々だったが、一気に騒がしくなった。

答案用紙を集めている甘利田も、密かに頰を緩めた。

(——明日から、また給食が始まる)


中間試験が終了した夜。校舎のほとんどが消灯している中、職員室の電灯はついており、何人かの教師が各々の机で作業をしている。その中に、甘利田と御園の姿もあった。

甘利田は、自分が担当している数学の答案用紙をチェックしていた。特に表情が変わることなく、順調に作業を進める。

その隣の御園は、赤ペンを片手に難しい顔をしていた。現国の読解問題をそれぞれ見比べては、眉間の皺を深くする。

諦めたように大きく息をつくと、御園は黙々と作業をしている甘利田に視線を向けた。

「……先生、これどう思います？」

「はい？」

突然振られ、甘利田は手を止めた。

「私が出題した、国語の問題なんですけど……なんか、わかんなくなっちゃって」

「国語のことを私に聞かれても困ります」

そう言うと、甘利田は自分の作業に戻る。御園の相談事には気のない反応をすることが多い甘利田だが、給食がないからか返答自体はしっかりしていた。冷たい、そっけないことに変わりはないのだが。

そうした態度にはもう慣れっこの御園は、甘利田の反応を無視して続ける。

「三島由紀夫の潮騒（しおさい）からの読解問題なんですけど」

「三島、読んでませんから」

「有名な焚火（たきび）を飛び越えて愛を確かめ合うシーンなんですけど」

「だから読んでませんて」

「そのときのヒロインの気持ちを答えよ、っていう」

「……それ、中一に出す問題ですか」

本題を聞いて戸惑った甘利田は、改めて手を止め御園を見る。

「中一だからこそ、と思ったんですが」

「その心は？」

「色んな解釈がある中で、純粋な心はどう感じるかなって」

「テストはアンケートではない」

すげなく切り捨てる甘利田にめげず、御園は持っていた答案を見せた。

「この子、火遊びは楽しいから、ですって」

「それは不正解なんですか」

「え、正解ですか？」

御園の反応に、甘利田は小さくため息をつく。

「そんな問題、よく他の先生が許しましたね」

「私が、半ば強引に……」

気まずそうに返す御園に、追い打ちをかけた。

「御園先生。大人は子供を正確に導く義務があります。曖昧で自由な感性がどうのこうのと甘やかして、良いことは一つもありません」

「……そうでしょうか」

甘利田は生徒に対し、いつも厳しく指導している。論破されて黙り込む生徒も多かった。

だが御園は、赴任してから今までの甘利田を――正確には、甘利田だけではないが――見ていて、「子供の自由な発想」を彼は存外悪く思っていないように思えた。

だからつい、甘利田の言葉に異を唱えていたのだが。

「自分で出した問題の答えが、自分でわからなくなってどうするんですか」

甘利田の指摘は、ただの正論だった。御園は「そうなんですけど」としか返せない。

「さっさとやらないと、明日答案を返せませんよ」

「甘利田先生は、本は読まないんですか？」

「文学には興味なしです」

あまりにズバッと切り捨てる甘利田に、御園は少し意地悪を言いたくなった。

「食わず嫌いって言葉、知ってます？」

「食わずともわかります」

甘利田が執着している食べ物に引っかけてみるが、ほぼ無反応。さらに続ける。

「そういうの、知ったかぶりっていうんです」

痛いところを突かれたのか、反論していた甘利田の言葉が止まった。そこはかとなく気まずい空気が流れる中、いつの間にか、体育教師の鷲頭が二人の傍に立っていた。

「中間テストの打ち上げ、お二人も行きませんか。ここんとこ大変だったから、皆さんでちょっと行こうかって」

「ああ、私はご一緒しますね」

あっさり御園が参加表明をすると、甘利田が「え」とこっそり声を漏らした。それに気づいているのかいないのか、鷲頭が甘利田を見る。

「甘利田先生も——」

「私は結構です」

「あ、やっぱり」

即答する甘利田に、鷲頭はあっさり引き下がった。代わりに御園を見ると「じゃ、八時見当で」と声をかけて自分の席に戻って行く。御園が、甘利田に視線を向けた。

「……食わず嫌いですか？」

さっきは即答できた言葉に、甘利田は沈黙でしか応えられなかった。


翌日、常節中学校の校門前。生徒たちはいつも通り登校してきていた。昨日で中間試験が終わったからか、解放感からはしゃいでいる生徒も多い。

「手を出して歩け」

その中で、門の前で生徒たちの様子を見ていた甘利田が、ポケットに手を突っ込んで歩く男子生徒に向けて注意した。

それだけに留まらず、「シャツ」「名札」とピンポイントで指し示しては注意していく。鋭く厳格な声に、生徒たちは文句も言わず従う。

これが通常運転の甘利田だ。だらしない者にはしっかり注意し、規律を守らせる。

校門に消えていく生徒たちに交じって、ネクタイにシャツ、スラックス姿の教師の姿がある。急いでやってきたのか、ネクタイが大きく曲がっていた。

「ネクタイ」

校門を通り過ぎようとする教師にも、甘利田は容赦なく指摘した。教師も「……はい」と素直に返事をすると、ネクタイを握って位置を直しながら校門の奥へ消えていく。その様子を、他の生徒たちが笑って見送っていた。

教師ですら、間違っていれば躊躇わず注意する。それが甘利田幸男という男だ。

「おはようございます」

反射的に「おはよう」と挨拶を返してその声の主に目を向けると、見知った生徒だった。嬉しそうに緩んだ顔に、甘利田は厳しい視線を向けた。

「……神野、何がおかしい」

「いえ」

「笑っている」

「そうですか？」

そう返す神野は、まるで「先生ならわかっているんでしょう」とでも言いたげだった。

その通りだった。甘利田は神野がどうして笑っているのか、しっかり理解していた。

今日から、給食が再開する。それ以外にありえない。

「……行け」

神野は一礼すると、頬を緩めたまま校門の先へ進んでいった。

（……私はあの生徒が、苦手だ）

甘利田と神野は、同じ給食を愛する者同士だ。だからこそ、何度も通じ合ってしまったことがあった。それは嬉しいことでもあるが、立場が違う以上、状況が違えばそれがよくないほうに働くこともある。

さっきのように、甘利田の思考を見透かすような神野の態度が良い例だ。

威厳を持って生徒たちに接することを重視する甘利田にとって、これほど苦手に感じる生徒は他にいない。

少し関係の変わった二人だったが——それでも、甘利田にとって神野が給食というフィールドで競い合う相手という認識は、変わっていなかった。

朝の校門でのチェックを終え、甘利田は職員室に戻って来た。

——給食が再開される。となったら、甘利田のやることは一つ。献立の確認である。

（今日はソフトめんに、けんちん汁。牛乳……ん？）

磨き上げられた透明のケースに入れられた献立表の、ある一点に注目した。

（鯨のオーロラソース？　オーロラソースってなんだ……オーロラとは……あの極寒の地で見ることができる、発光現象……の、ソース？）

難しい表情で顔を上げ、オーロラソースについて考えていると。渡田が見覚えのない人物三人を連れて職員室にやってきた。

「皆さん、おはようございます」

渡田が挨拶すると、職員室にいた教師たちは自席で立って渡田たちに注目した。

「今日から教育実習生として、我が校で勉強してもらう先生方を紹介します。どうぞ」

そう渡田が促すと、渡田に近い場所に立つ実習生から自己紹介を始めた。

全部で三名。最初の二名は二〇代前半くらいで、まだ若い。どこかまだ学生っぽさが残って見えた。だが最後の一人は、だいぶ落ち着いた雰囲気だった。

「佐野です。この学校の食育と健康という理念に惹かれてきました。隣のお二人より少し年齢がいってますが……可愛がってください」

そう言って、落ち着いた雰囲気の男性——佐野は白い歯を見せて笑う。爽やかで清潔感ある雰囲気が特徴的だった。やはり最初の二人に比べると、話し方も慣れているように見える。

特に興味もなさそうに、教育実習生の自己紹介を見ていた甘利田だったが――一際大きな拍手が隣から聞こえてきたことに気づいた。

「……どうかしました？」

「……いえ」

自分の視線を御園に気づかれ、甘利田は自分でも理解できない居心地の悪さを感じつつ目をそらした。

その後、各クラスのホームルームが始まった。一年一組では、御園が教壇に立ち、甘利田は自分の席に座っている。教室はすでに静かで、御園の話を聞いていた。

「明日は、クラスの係決めを行います。二学期後半から三学期までその係になりますので、みんな考えておいてください。基本は立候補者が優先で、あとは推薦をしてもらいます。それと、一年生はあまり関係ないと思いますが、生徒会の役員選挙もあります」

そこまで御園が説明すると、教室後方から笑い声が上がった。

「佐々木クンが、保健係やりたいそうでーす」

児島がわざとらしくふざけた声で言い放った。即座に「嫌だよ俺」と佐々木が拒否すると、教室全体で笑い声が上がった。

赴任したての頃なら、御園はまず甘利田に助けを求めていただろう。そして何の助けもないことに気づき、諦めていた。だが今は違う。

「ふざけないで。係決めは集団生活で重要なことなの」

厳しい口調で児島を窘める。だが児島は少しも動じず笑っている。

「だって推薦しろって言ったじゃん」

「推薦してもいいけど、真面目にね」

「佐々木クンが保健係じゃダメな理由を教えてくださーい」

自分が一枚上手だとばかりに、児島のわざとらしい口調は続く。そんな児島を、御園がさらに注意しようと「あのね」と口を開こうとしたところで。

「佐々木を保健係に推薦した理由を言え」

甘利田から突然、厳しい声が飛んできた。言われている意味がわからなかったのか、児島は「え?」と声を漏らしきょとんとしている。

「人が嫌がるものを押し付ける罪が、お前にはわかるか?」

「……先生」

言い過ぎでは、とでも言いたそうにしている御園だが、甘利田は手を緩めなかった。

「バケツ持って廊下に立ってろ」

不満そうに表情を歪め、不貞腐れた様子で廊下に出て行く児島だが——甘利田に対し、反論はしなかった。


その後、ホームルームが終わって甘利田と御園は教室を出た。

廊下には、甘利田に言われて立たされている児島と——児島が持っているはずのバケツをなぜか持っている、教育実習生の佐野の姿があった。

甘利田が歩み寄ると、バケツを持ったままの佐野が真剣な目つきで甘利田を見た。

「これは体罰です。未だに廊下でバケツなんて信じられません」

「……あ、あのこれは……」

口を挟もうとする御園に、佐野の視線が移動する。

「御園先生が指示したんですか？」

指示をしていないというのは事実だが、事情があるのも事実。だからこそ御園は「いえ、その……」と言葉に詰まっていた。代わりに、無表情の甘利田が口を開く。

「私です。児島は授業妨害をしたので罰を与えました」

「この罰し方で良いとお考えですか？」

「ベストではないですが、有効だと思います」

　真面目なやり取りが続く中、大人たちの間に立たされた児島は気まずそうだった。だがこの状況で勝手に逃げ出すわけにもいかず。大人たちの話はさらに続いた。

「僕は教育実習の身ですが、志を持って教職に就きたいと考えています。間違っていると思ったことは発言したいと思います」

「どうぞご自由に」

　宣戦布告とも取れる強気な佐野の言葉に対し、甘利田は涼しい顔で返した。

　好機と見たのか、児島が「あの、戻ってもいいすか？」とおずおずと口を挟む。

　甘利田の「戻れ」という短い許可を得た瞬間、児島は素早く教室に戻っていった。それを特に見届けるでもなく、甘利田は廊下を進み始める。

　御園もその後ろをついて行こうとするが、佐野のことが気になっているのかそわそわしている。佐野はそのことに気づいたようで、御園に笑いかけた。

「なんか、すみません」

「……いえ」

　さっきまでの真剣なやり取りの後だが、佐野はもう気にしていないようだった。穏やかな笑みにつられるように御園も笑うと、甘利田を追って廊下を歩き出した。

それからしばらくの後――休み時間が終わったばかりの授業中。たまたま担当の数学の授業がない時間、甘利田はふらりと配膳室にやってきた。

中の様子をうかがうと、見慣れた白衣姿の人々が作業している。この景色を見るのも、甘利田にとっては久しぶりだ。それほどまでに、中間試験の期間は長く感じられる。

(本日の謎メニュー、鯨のオーロラソース。鯨と言えば竜田揚げだが、そもそも揚げてないということなのか。あるいはいつもの竜田揚げに、さらにソースを足しているのか。いずれにせよ、オーロラソースのオーロラとは何なんだ。知りたい。事前に知っておけば色々プランが立てられる)

そんなことを考えつつ、真剣に作業をする人たちを見ていた甘利田だが――ふと、馴染みある女性、牧野と目が合った。

勢いよく視線をそらす甘利田。だが甘利田の存在を見つけた牧野は、ニコニコしながら「先生、どうしました?」と声をかけながら近づいてきた。

「いえ。いつもご苦労様です」

「先生も気になってるのね」

ごく普通の労(ねぎら)いの言葉を発した甘利田に、牧野は目を細めて笑った。

「今日の新メニュー。探りに来たんでしょ」

「ははっ、何をそんなバカな……」

大げさに笑い飛ばして見せても、牧野の笑みは変わらない。

「さっき、神野くんも来てたわよ」

だがこの言葉には、反応せずにはいられなかった。甘利田は密かに目を見開く。

「本当に給食好きよね」

「奴には……なんと」

思わずたずねてしまう甘利田。緊張の一瞬。

「お昼までのお楽しみ、って追い返しちゃった」

牧野は、無邪気に笑ってそう言った。「そうですか」と甘利田に再び落ち着きが戻る。

「先生には教えてあげる。あのオーロラソースってね……」

牧野が言い切る前に、「いや、結構」とキッパリ拒否した。

「興味がないので」

心にもない言葉を平然と言い切り、牧野の反応を見ることなく廊下を引き返していった。

(私だけ抜け駆けして知るのはフェアではない。教師だからってそんなハンデはプライドが受け付けない)

ずんずんとやけに力のこもった歩みを進めていたが——ふと立ち止まる。

フェア。給食に対する神野の行為を、最初は「不要なものを入れるのは冒瀆だ」「強引だ」と批判していたのは甘利田だ。

それが今、給食に関して神野と「フェア」であろうとする。ここに来るまでの間、神野とは給食を巡って実に色々なことがあった。その末に、フェアであろうという心理状態にまで至っていた。

——そもそも給食におけるフェア、とは。そんな問いに答えられるのは、今までの経験を踏まえた甘利田だけだろうが、その答えを発することはなかった。

「——だから、これは御園先生が出した問題でしょ」

甘利田が職員室に戻ると、そんな責めるような声が聞こえてきた。その主は、甘利田の隣の席、御園の傍らに立っている。

眉間に皺が寄った、厳しい顔つきの恰幅の良い教師——磐田だった。

「三島の潮騒。解答例がボケてて生徒に説明できませんって、これじゃあ」

「だって、先生も設問に賛成だったじゃないですか」

磐田の言葉にもめげず、必死に返す御園。二人を避けるように、甘利田は席に着いた。

「答えがしっかりあると思ったからですよ。焚火を飛び越えて来いといったヒロインの気持ちなんて、丸々一冊読まないと正解なんてわからないでしょう」

正論でしかない磐田の言葉に、「それは、その……」としどろもどろになる。だが言いたいこともあるようで、引き下がる気配はないようだ。そんなときだった。

「――いいじゃないですか」

　突然、別の声が割って入った。密かに話を聞いていた甘利田も、声の主に意識を向ける。

いつの間にか、佐野が二人の近くに立っていた。

「文学の読解って、十人十色（じゅうにんといろ）で感じ方が違うのが普通ですよね。思ったことを生徒は書いていいと思いますけど」

「何言ってるの、君。テストなんだよ。わかった風なこと言って、まだ教育実習――」

「教育実習生ですけど、型にはまったやり方は違うと思います。この場合、生徒がいかに真剣に主人公の気持ちを考えて解答したか、その熱量を判断すべきじゃないですか」

　磐田の言葉を遮り、佐野は迷いなく言い切った。御園の表情がぱっと明るくなる。

「そう、そうなんですよ！」

　まさに「それが言いたかった」とばかりに大きく頷く御園。急に元気になった御園を、甘利田はチラっと見た。当然表情も明るさを取り戻し、嬉しそうに佐野を見ている。

　その佐野は、真剣に磐田を見据えたままだった。

「……そんなテスト、聞いたことないですけど」

　それだけ返すと、磐田は佐野の視線から逃げるように背を向け自席に戻っていった。

　するとすぐに、佐野は御園に向き直る。

「すみません、出過ぎた真似を」

「いえ、ありがとうございます」

申し訳なさそうに笑う佐野に、御園は深く頭を下げる。

甘利田に自覚はなかったが、どこか遠くの光景を見ているような目で二人を見ていた。

時間は進み、御園が担当する現国の授業。一人ずつ名前を呼び、答案用紙を返却している。その様子を、甘利田は窓際で眺めていた。

すでに返却された生徒たちは、点数や答案を見せ合い盛り上がっている。御園は最後の一人に答案を返し終えると全体に声をかけた。

「今回の国語の平均点は、七四点でした。他の教科に比べて、みんな頑張りましたね」

優しく語りかけた時、藤井と話をしていた桐谷が真面目な顔つきで手を挙げた。

「はい、桐谷さん」

「この第五問の読解問題なんですけど、今藤井さんと答えを比べていて、全然違う答えなのに二人ともマルなんですけど」

そう発言したと同時に、「あ、俺もマル」「俺も」「私も」とバラバラ声が上がる。その様子を見て、改めて御園を見る桐谷。

「これ、全員マルなんですか?」

「あ。俺バツじゃん」

児島が自分の答案用紙を見て声を上げる。「何て書いたの?」という桐谷に、児島は自分の答えを読み上げた。

「焚火が燃え移ったらどうなるか見たかった」

得意げに読む児島に、教室内が笑いでドッと沸いた。児島も悪い気分ではなさそうだ。

だが御園は、「静かに」と場を収めた。声が止むのを待って、話し始める。

「その問題は、文章を真剣に読んで、真剣に気持ちを考えて解答しているかを判断基準にしました。だから感じ方はそれぞれ違ってもいいの」

職員室で佐野が話していたことを、自分の言葉で語る御園。言いたかったことを言語化してもらえたことで自信が出たようで、堂々としている。

「それって、テストになるんですか?」

「なります。世の中のことは、正解が一つとは限りません」

桐谷からの素朴な疑問にも御園は力強く答える。だが隣にいた藤井がさらに続けた。

「二組は、この問題全員バツだったって言ってました」

予想外の事実に、「え?」と御園の表情が固まる。同時に生徒たちが騒ぎ出し、焦って言葉を失う。その様子を、甘利田は静かに見つめていた。

騒ぎが大きくなりつつある中――神野が手を挙げた。今度は何を言われるのか、という不安と動揺を抑えつけながら、御園は声をかける。

「神野くん……何？」

「正解はひとつではないということなら、全員分答えがあるということですか」

「そうよ」

御園の返答に、神野はちらっと甘利田のほうに視線を向けながら続けた。

「では、先生の数だけ正解もある、ということですか」

その問いに、御園は答えられなかった。それは彼女が用意していた答えではない。代わりに、黙ってこの場を見つめていた甘利田に視線を向けた。

甘利田は答えない。だがそれは否定でもないということだ。

「それなら、僕は納得します」

神野がそう言い添えると、生徒たちは「それもそうか」と少しずつ落ち着きを取り戻していく。ただ児島だけが「何で俺だけバツなんだよ」と不服そうに頬を膨らませていた。


午前中の授業終了のチャイムが、校内に鳴り響いた。

ここ数日間は、「その日の試験終了」の合図だったチャイムだが、今日は違う。午前の授業が終わると同時に、給食の時間を知らせるためのものでもあった。

数日ぶりの給食でも、給食係は慣れた様子で配膳室へ向かい、教室では変わらぬ様子で机を動かしていく。

「手を合わせてください」

数日ぶりの校歌斉唱も終え、一年一組の教室にいる一同は皆、揃って手を合わせた。

「いただきます」

こうして、中間試験が明け最初の給食が始まった。すぐに食べ始める生徒たちを尻目に、甘利田はいつも通りメガネを外し、給食のトレイを見つめる。

(今日のメニューは、ソフトめんとけんちん汁、牛乳、牛乳かん。つけ合わせの千切りキャベツに……そして謎のメニュー、鯨のオーロラソース)

トレイ全体を見渡していた甘利田の目が、鯨のオーロラソースに向いた。

こんがり揚がった鯨の茶色に、ところどころ残る片栗粉の白が目立つ鯨の竜田揚げ。そこに、赤みがかったクリーム色をしたソース——オーロラソースがかかっていた。

(これが噂の、鯨のオーロラソース……鯨自体は、竜田揚げのようだが)

甘利田は先割れスプーンを持つと、まずオーロラソースを軽く掬い味見する。トマトの風味と、柔らかく爽やかな酸味。さらに野菜の旨味を閉じ込めた甘さと、それぞれが持つ塩気。双方が絡み合うことで、深みのある味わいとなり、甘利田の舌の上で躍る。

（これは、ケチャップとマヨネーズ……そしてソースか！　それもウスターだ！）

オーロラソースの正体を理解し、さらに確かめるようにもう一口味見する。

ちなみにこのオーロラソースは日本独自のもので、いわゆる「なんちゃって」オーロラソースだ。本来のオーロラソースは小麦粉とバター、牛乳で作ったベシャメルソースに、裏ごししたトマトにさらにバターを混ぜたものである。それはともかく。

（そうか、オーロラソースとはケチャップ・マヨネーズ・ウスターの合わせ技か。ごく普通の家庭調味料を混ぜるだけで、こんな味になるのか。うまい……とてもうまい。この甘みを伴う濃厚なソースで鯨を食すとは……絶対に合う！　あえてこれをオーロラちゃんと呼んでしまおう）

なぜ「ちゃん」なのか。甘利田に全く似合わないチョイスだった。当の甘利田は、気にすることなく先割れスプーンを強く握った。ついに、食べだす。

（いざ、実食）

オーロラソースのかかった鯨の竜田揚げを、先割れスプーンで突き刺した。ゆっくり、ソースをこぼさないように口に運ぶ。

ソースがかかったところの竜田揚げの衣は、すでに柔らかくなっていた。水分を含んで少しトロッとした衣にオーロラソースが絡み、味だけでなく食感も楽しい。鯨の高タンパク質を意識させる歯ごたえと、濃厚さとさっぱりさの同居した不思議な肉汁（にくじゅう）。生姜汁のほのかな辛味と醬油の塩分が、オーロラソースの柔らかなのに濃厚な味わいとよく合う。
(ソースで衣がふやけている所も、またいい。オーロラちゃんの味が染みていて、口に入れると『やわっ』となった後に『ガツン』とくる歯ごたえ。滲み出る肉汁からは生姜汁と醬油の下味も感じる)

鯨の竜田揚げを一度食べ終え、今度は付け合わせの千切りキャベツを掬って食べる。
(キャベツでいったん休憩……と思いきや、千切りキャベツにもオーロラちゃんが合う！)

オーロラソースの複雑に絡み合った深い味わいが、シャキシャキと食べるたびに口に広がるキャベツの甘みをさらに引き立てる。キャベツがいくらでも食べられそうだった。
(なんてソースだ、オーロラちゃん……恐るべき破壊力。そもそも、なぜこのソースをオーロラというのか……)

咀嚼し終え、器の中の鯨の竜田揚げとキャベツを彩るオーロラソースを見つめる。
(オーロラ……確かフランス語で曙(あけぼの)……明け方を意味する。この赤みがかった色が夜明けの空をイメージさせるということなのか！　まさに曙の味……)

思わず甘利田の頰は緩み、笑みが浮かんでいた。目の前のオーロラソースに、壮大な何かを感じていた。

オーロラソースの名前に納得し、包装されたソフトめんとけんちん汁を見る。出汁(だし)でほんのり色づいた透明な汁に、たっぷりのゴロゴロ野菜と刻んだ油揚げが浮かんでいる。

（続いては、給食界の横綱、ソフトめん。今日はけんちん汁をつけて食べるスタイル）

以前、ソフトめんを四番ファーストと称していたが、今回は相撲だ。

先割れスプーンを使い、袋の上からソフトめんを四分割していく。

（まずは基本通り、ソフトめんをカット……）

「あー、溢れた！」

その声と同時に甘利田が顔を上げると、児島がソフトめんをまるごとけんちん汁に入れたところだった。めんと汁を器から溢れさせている。それが楽しそうに見えたのか、隣の藤田と高橋も嬉々としてソフトめんを器に投入。けんちん汁とめんを溢れさせるのだった。

「こぼさないようにね」

御園が三人に注意するも、他の生徒たちは子どもっぽい三人の様子を見て笑っていた。

（わかっていないない。何事にもルールというものがある。ソフトめんはカットして少しずつ投入するというのは基本中の基本）

少し騒がしくなる中、甘利田はソフトめんの分割を終える。その一つをけんちん汁に投入すると、まず汁を啜った。出汁の香りと醤油の味はシンプルだが、そこに野菜や油揚げの油が染み出て飽きの来ない味わいに仕上がっていた。

（うん、いい喉越しだ）

そのまま先割れスプーンでソフトめんを口に含んだ。強力粉が使われたしっかりした歯ごたえのソフトめんに、けんちん汁のシンプルながら味わいある汁が絡む。

（パンが主食の洋食スタイルで普及していく給食に、危機感を持った製麺業界の努力によって生まれたソフトめん）

コシの強いめんがツルツルと甘利田の口の中に消えていく。

（正式名称『ソフトスパゲッティ式麺』この製麺方法は栄養分が逃げない。長期保存が可能というまさに給食のために編み出された麺なのだ）

食感、喉越しをひとしきり楽しむと、今度は具材を先割れスプーンで掬った。

（けんちん汁の具材は、里芋、ごぼう、にんじん、大根、油揚げ、長ネギ。そしてこの澄んだ和風の出汁の味が、なんとも優しい）

野菜それぞれの甘みと油揚げの旨味が、出汁の旨味と控えめな醬油の味が染み込むことで派手さはなくとも心温まる味わいになっていた。

一つずつ野菜を掬い、口に運んで味わう甘利田。一通り食べると器を持って汁を飲む。

（……うまい。一気に飲んでしまいたい衝動に駆られる）

そう思う一方で、甘利田の理性がその衝動を抑えた。

（……と、それでは意味がない。ソフトめんとのセットが今日の給食のテーマ。衝動に駆られるのは、大人の所作ではない）

気を取り直し、キャップを外して牛乳を飲む。一息つき、再びトレイに視線を向けた。

（では、いざ）

先割れスプーンを持ち、オーロラソースのかかった鯨の竜田揚げ、野菜たっぷりのけんちん汁、その中に投入されたソフトめん、牛乳、という順で食べていく。この順番が狂うことはなかった。

（鯨の塩気と濃厚なオーロラソース。それを中和する日本の味けんちん汁。その出汁で頂くソフトめん。はやる気持ちと喉につまる食事を牛乳で流し込む。最高の相性！　これこそが給食！）

中間試験という給食お預け期間を経て、甘利田は最高の給食を味わい尽くす。

その様子を、他の生徒たちや御園が気にしているとも気づかずに。彼らも、凄まじい勢いで給食を食べる甘利田の姿を見るのは久しぶりだ。もはや給食時の恒例となっていた。

ローテーションの給食をすべて食べ終えると、最後に残ったのはデザートの牛乳かん。先割れスプーンで崩し、口に運ぶ。牛乳の口当たりの良い甘みを砂糖が補強し、寒天の弾力のある歯応えが口の中で崩れていく。

（ツルツルした寒天が私を祝福する……！）

その寒天もみるみるうちに甘利田の口の中に消えていき――完食。

勢いよく背もたれに倒れ込むと、満足そうに目を閉じた。

（ごちそうさまでした……）

幸福感いっぱいにため息をついて少しして再び目を開け、辺りを見回す。

生徒たちはわいわい話しながらまだ給食を食べている。一通り見渡すと、最後は神野に視線を向けた。ひとまず、メガネをかける。

（……ん？）

怪訝そうに様子をうかがうと、神野はけんちん汁の器を持ってごくごく汁を飲んでいた。

（おいおい、汁ばかりそんなに……）

トレイに目を向けると、小分けにされたソフトめんがまるまる全部放置されている。

（ソフトめんを忘れてやがる。なんと愚かな。さては、久々の給食にはしゃいで気を抜いたな？　給食好きなのは認めるが、所詮は子ども。衝動に任せてしまう未熟者だ……ん？）

トレイの器に、よく見ると長ネギが選り分けられている。甘利田の眉間に皺が寄った。

（なんだあのネギは。奴はもしかして、ネギ嫌い……？　いや、奴が本当にネギ嫌いなら、ここまで平然と楽しんでいるはずはない。何か。何か考えているはずだ……）

さらに様子をうかがっていると、放置されていたソフトめんを手に取った。四分割よりさらに小分けされた一つを手に載せる。

そのソフトめんの欠片に、先割れスプーンで掬ったオーロラソースを塗る。そしてそのまま、ソフトめんオーロラソースがけをパクリ。水分でほぐされていないソフトめんは、しっかり神野がかじった形が残っている。

（ソフトめんを……かじってやがる……！）

オーロラソースかけソフトめんの欠片を食べ終えると、今度は鯨の竜田揚げを先割れスプーンでカットしていく。

（それは……やめろ……！）

またひと口大のソフトめんに載せると、再び先割れスプーンでオーロラソースを掬い、とろりとソースを垂らす。まるで見せつけるように。

（なんだそれ、うまそげじゃないか）

ひと口大ソフトめん、鯨の竜田揚げ、そこにかかったオーロラソース。そしてその上に、器にためていたネギを載せ始めた。

（やはり……奴はネギ嫌いなどではなかった……このときのために、よりおいしく味わうために……残していた……！）

自分の認識の甘さから苦悶の表情を浮かべ、神野の姿を食い入るように見つめる。神野は満面の笑みで、ソフトめんオープンサンドを幸せそうに味わっていた。

そんな神野の背後には、オレンジ色の光――後光が差しているように見えた。

（なんだ……なんだあの光……オーロラ！　奴の周りが輝いているではないか！）

甘利田が後光を幻視する中、神野は黙々と食べ続けた。その姿を見続けるうちに、だんだん甘利田の中の勢いが失われつつあった。

（ソフト麺はけんちん汁につけて食べる……そんな常識など無用だと言わんばかりに……なんて奴だ……）

力なく神野を見ているうちに、ソフトめんの欠片を食べ終え、牛乳をぐいっとあおる。

（私は、初見のオーロラちゃんのうまさに我を失い一気に食し、その反動か汁の一気飲みの衝動を抑え、麺と食うべきだという常識に囚われ、ごく普通に与えられた献立を献立通りに履行してしまった……中間試験で給食に飢えていたのが、こんな形で出てしまうとは）

満足そうな笑みのまま、神野は最後に残ったデザートの牛乳かんを食べ始めた。

（それに比べて奴は、オーロラちゃんをマックス活かす方法を初期段階で考え、ソフトめんとのマッチングを予見した。その上で私がやりたかった汁の一気飲みも成し遂げ、挙句の果てに麺をかじるという暴挙に打って出た……中間試験後最初の給食に相応しい、思い切りのよさ……！）

あっという間に牛乳かんがなくなり、最後のひと口をもぐもぐさせながら——神野は甘利田を見た。ただでさえ満足そうな表情に、さらに笑顔が加わった。

（……また、負けた）

教室は、まだまだ給食を楽しむ生徒たちの声に満ちていた。明るい声に包まれながら、甘利田はただ一人肩を落としていた。


放課後。廊下では、佐野が女子生徒数人に囲まれて何やら話し込んでいる姿があった。

その様子を、御園は感慨深そうに見つめている。

隣には、妙に暗い表情の甘利田。神野への敗北感をまだ引きずっていた。

「佐野先生、大人気」

甘利田の表情にはまったく気づいていないようで、御園の表情は妙に明るい。そんな彼女に、甘利田は返事をすることもできない。

「ハンサムで生徒想いだから、人気になりますよね」

「ハンサム？」

ぴくり、とようやく甘利田が反応を見せる。

「ハンサム、ですよね」

「ハンサムといったら、アラン・ドロンかと思ってました」

アラン・ドロンとは、彫りの深い美形――甘利田が言うようなハンサムなフランスの映画俳優である。来日したこともあり、日本でも知名度が高い。だが御園にはピンとこないらしく「はぁ」と気の抜けた声が返ってくる。

「モミアゲは……あんな短くていいんですか」

「モミアゲは関係ないですよ」

きっぱり言い切る御園に、甘利田は「え……」とショックに放心してしまうのだった。

なぜショックを受けてしまったのか——このときの甘利田にはわからなかった。


その後、職員室に戻ってきた甘利田は、腕組みをして自席についていた。

甘利田の席の後方、窓際の席では鷲頭がプロテインシェイカーに生卵を入れてシャカシャカ音を立ててシェイクし始めた。これは以前、神野がイチゴジャム入りミルメークを実現させたシェイカーである。

シャカシャカ響く音に、甘利田は自分の耳を手で塞いだ。

(今日の敗戦から何を学ぶべきか。人間は日々成長だ。失敗を繰り返し、新しきを学ぶ。奴は今日何をした?)

思考を集中させようとするが——視界の隅に、御園と佐野が楽しそうにお喋りしている姿が目に入った。

その仲良さそうにしている二人が気になって、集中できない。それでも思考を巡らせる。

(……既成概念を壊した。ソフト麺は啜るものという既成概念を壊して、かじるという行為に打って出た。人の数だけ答えがある。私に足りないのは、そういうことなのか……)

御園と佐野を見ていて思い出したのは、二人が揃って語っていた考え方。

そして、神野も同じことを口にしていたのだ。

するとと背後で「えー、皆さん」と鷲頭の声が聞こえてきた。

「連日になっちゃうんですけど、本日教育実習のお三方が入られましたので、これから例の居酒屋で歓迎会を行いたいと思います。行ける方は手を上げて頂けますか。店押さえますんで」

何人か手が挙がる中、甘利田は聞こえていないかのように思考を続ける。

(明日の献立は「すきやき」。このタイミングで肉の王者・牛肉とまみえることになる。私に足りないものを何か補える手は……)

その間も、鷲頭は挙手の数を数えていく。

「はい、大体この辺りですかね。それでは予約を……」

参加者を締め切ろうとした瞬間、話など聞いてなかったように思えた甘利田が勢いよく手を挙げた。予想外の展開に、鷲頭が目を見開く。

「あ、れ……甘利田先生、大丈夫ですか」

「はい」

「先生、無理しなくても……」

驚いたのは鷲頭だけではない。佐野の傍らにいた御園が声をかけてきた。

「無理などしていません」

きっぱり言い切ると、鷲頭は気を取り直して全体に声をかけて締めくくった。

「それでは、八時に出ますんで先生方、よろしくお願いします」

その夜。常節中学校の教師たちは、小さな居酒屋にやってきた。

常連が陣取るカウンターの奥には座敷があり、幹事の鷲頭を筆頭に数名の教師たち——そして甘利田も、その中にいた。

お通しの枝豆、出汁巻き卵が並び、乾杯は済ませた。そのせいか、すでに酒を呷り、酔っ払い始めている者もいる。主に鷲頭だ。

かくいう甘利田は、目の前に放置されたビールの入ったコップを見つめていた。

(私は酒を飲まない。が故に、こういう場所は苦手だ。いや、こういう場所を好む人種が、苦手だ)

そんなことを考えている間に、鷲頭はコップのビールを飲み干し、近くにあったビール瓶を引っ摑んでまたコップに注いだ。それを横目で見る。

(しかし、よく飲む。母と同じだ。私の母は大酒飲み。酔うとどこでも大声で歌い出す。

下戸の父は母が歌うと静かに耳栓をし、スペアを私にも渡す）

家での光景を思い起こしていると、瓶ビールや料理をお盆に載せた店員がやってきた。

「お待たせしました。焼き鳥盛り合わせになりまーす」

よく通る声で言うと、鶏もも、皮、レバー、ねぎまなど、様々な種類の焼き鳥が豪華に盛り合わされた大皿が一同の前に置かれる。種類と量に「おおっ」とどよめく。

（……焼き鳥）

甘利田も思わず大皿に見入った。

「お好みで、一味をかけてお召し上がりください」

言いながら、一味唐辛子の入った小さなボトルを皿の傍らに添える。すると鷲頭が「あ」と声を上げた。

「マヨネーズってもらえる？」

「はい？」

「焼き鳥にマヨネーズですか？」

店員と同じように、不思議そうに首を傾げたのは、甘利田の隣にいた御園だった。

「一味マヨにつけるとなんでもうまいでしょ」

「そうですか？」

（激しく同意！）

経験がないからか、鷲頭の言葉にピンと来ていない様子の御園に、甘利田は心の中で同調した。表情に一切変化は出さずに。

そんなやり取りの後、店員は「聞いてみます」と鷲頭に声をかけて離れていった。

店員が去ると、教師たちは目の前の焼き鳥に我先にと手を伸ばしていく。その様子を、甘利田は冷めた目で見つめていた。

(だが、ここで行ってしまっては負けになる)

マヨネーズがくるのを待つことなく、バクバクと串を食べている鷲頭。一見無表情ではあるが、そんな彼を見る甘利田の眼差しにはどこか憎悪のようなものがあった。

(給食には牛乳、焼き鳥にはビール。その境目には、深く暗い川がある。酒に負けた人間の愚かさを幼少期から目撃してきた私にとって、焼き鳥はイコール酒のアテという拭いきれない嫌悪感がある)

思考に没頭している最中、隣の御園、さらにその隣の佐野が真剣に何か話している。

「会社勤めしてるときも、どうしても教師の夢を諦めきれなくて……でも、なかなか勇気が持てなくて」

「でもそこから学校入り直したんですよね。すごいですよ」

「まともに夢追いかけてたら、こんな回り道しないですよ」

「私なんて、大した覚悟もなく教師になっちゃって……恥ずかしいです」

「そんなことないです。三島由紀夫で中間テストってすごいじゃないですか」

「なんか、物議をかもしてますけど」

次第に笑顔になっていく御園と佐野。その隣で、甘利田はまだ考えに耽っている。

するると、先程大皿を運んできた店員が、お盆に皿を複数載せて戻って来た。

「一味マヨサービスでーす」

「！」

そう声をかけると、ちょうど甘利田の目の前に一皿置かれた。タレで茶色に色づいた焼き鳥に、クリーム色のマヨネーズ、その上で一味の赤い粉が彩りを添える。そんな一味マヨ焼き鳥の姿に、甘利田の心は揺れ動いた。

(だがしかし……虎穴に入らずんば虎子を得ず。既成概念を打破するにはリスクが必然。明日の給食のため、そのいち。焼き鳥を食らうべし)

ゆっくりと串に手を伸ばし、一味マヨをつけて焼き鳥を一口。

一瞬動く口が止まり、すぐに咀嚼を再開。その間、まるで焼き鳥から振動を受けているかのように身体が震えていた。

(……なんだ……これは……)

感じたことのない衝撃に戸惑い、思わず辺りを見回す。だが皆、何気なく串を取り、食べ、ビールを飲んでいた。その様子を見て、甘利田は愕然とした。

(こんなものを、こんな気楽に……バクバクと……)

隣を見ると、御園、そして佐野も焼き鳥を食べてはビールを口にしている。その光景に、どこか絶望感のようなものすら感じていた。

(そうか。こいつら全員、そもそも私とは違うステージに立っていたのか。わかり合えるわけがない。こんなうまいものを、空気を吸うように食して感覚がマヒしているんだ。そして、彼らをそうさせる悪魔の液体……)

視線を落とすと、未だに手をつけられていない、ビールの入ったコップ。コップは汗をかいており、ビール自体がぬるくなってきていることがわかる。

いつもの甘利田だったら、このままビールは飲まず、焼き鳥だけ静かに楽しんでいたかもしれない。だが彼は今、「いつもの」精神状態ではなかった。そもそも、「いつもの」精神状態だったら、飲み会に来てすらいなかっただろう。

——久々の給食対決による、神野への敗北。

——御園と佐野を見ていて感じた、妙に落ち着かない気持ち。

そういうものが重なって、甘利田は「いつもの」精神状態ではいられなくなっていた。

(明日の給食のため、そのに。毒を食らわば皿まで)

その覚悟を持って、甘利田はビールの入ったコップを手に取り——一気に、呷った。

メニュー九

肉の王者　すき焼き

教育実習生歓迎会の翌日。甘利田はいつものように校門の前に立っていた。

ただし、ぼーっとして上の空という状態で。

「おはようございます」

挨拶しながら通り過ぎていく生徒たちにも、まったく反応していない。気づいてすらいないようにも見えた。

（……なんだ……この感じ……）

今日は何人か他の教師も校門前に立っていた。そして皆、ぼーっとしている甘利田を異様なものを見るような目で見ている。

「……」

そこには御園の姿もあったのだが、特に声をかけることもなく、まるで避けるように少し距離を置いていた。

甘利田は微塵も気づいていないようで、ぼーっとしながらも思考に没頭していた。

（毒を食らいすぎた。これはいけない。何せ今日の給食は……肉の王者、すき焼きだ！）

その事実で気合が入ったのか、ぼーっとしていた目がくわっと見開かれた。パンパンと両手で自分の頬を叩く。突然の動きと音に、近くの教師たちは思わずビクついた。するとそこに、一人の生徒が通りかかった。

髪を綺麗に立てつつ後ろに流し、その状態で固めた髪型――いわゆるリーゼント。学生服のボタンも開けっ放しで、腰にはエナメルの細いベルトが光を反射してキラキラ光っている。いわゆる不良――この時代ではツッパリと呼ばれていた存在によくある外見だ。だが中学生でもまだ低学年らしく、目つきを鋭くしてはいるが顔がまだ幼かった。

「おいちょっと待て」

甘利田の制止に「あ？」と粋がった声を返すツッパリ少年。でも素直に足を止めた。

「なんだその髪型は。リーゼントってやつか」

甘利田は歩み寄ると、髪を掴んでぐしゃぐしゃとかき回した。「ちょっ」と一瞬動揺の声が上がるが、ツッパリ少年も頑張る。

「やめろよこの野郎」

「なんだ、その口の利き方は。大体、この細いベルトはなんだ。何を留めているんだ」

髪をなんとか直そうとしているツッパリ少年に構わず甘利田は光を反射するツルツルした素材のベルトを掴むと引っ張り上げる。

「鞄もここまで薄くして、何の意味がある？　教科書はどうした」

今度は小脇に挟んでいた薄い学生鞄をひったくり、中を開ける。そのままさらに手を入れ勝手に漁（あさ）り、手のひらサイズの筒状のものを引っ張りだした。

「なんだこれ。シンナーか」

「ソックタッチだよ」

いきなり物騒な単語が甘利田の口から出ると、ツッパリ少年は即座に否定して、甘利田が取り出したモノの名前を口にした。

「靴下が下がってこないようにする糊だな」

「そうだよ」

「そんなものお前が使ってどうする。どのシチュエーションで靴下のズリ下がりが気になるんだ」

ツッパリ少年は「いいだろうがよ」と切り捨てるが、ここまで意外と素直に受け答えしていた。だが甘利田にとってそこは問題ではないらしい。

「それより教科書はどうした。うっすい鞄に靴下の糊一個で学校来てるのか」

「勝手だろ」

「帰れ」

甘利田が短く切り捨てると、ツッパリ少年は急にそこまで言われるとは思っていなかったのか、戸惑いの表情を見せる。

「お前に学校に来る権利はない」

「なんだよそれ」

「学校にも、生徒を選ぶ権利がある。帰れ」

有無を言わさぬ甘利田の圧力。普段から圧の強いところのある甘利田ではあったが、今日はさらに凄まじかった。ツッパリ少年から粋がった表情は一切消え、そそくさと校門に背を向けて帰っていく。

明らかにやりすぎな雰囲気ではあったが、甘利田の迫力に押された他の教員たちは、誰一人として何も言えない。怯えにも似た表情が見え隠れしている。

御園も黙って見ていることしかできなかったが、怯えより心配そうな表情だった。

職員室でも、甘利田の普段より強い圧と、それに対する教職員たちの怯えた雰囲気は続いていた。皆自席に座る甘利田を避けているようだった。

御園は少し気合を入れると、いつも通り隣に座って甘利田に話しかけた。

「ちょっと、あれはないんじゃないですか」

「はい？」

「学校に、生徒を選ぶ権利なんてないと思います」

「皆あの生徒を、見て見ぬフリをしていました」

「……はい、まあ」

「だから私が言ったまでです」

甘利田としては、ごく普通のことをしているつもりらしい。発言に矛盾がある、というわけでもない。だがやはり、いつもより圧が強い。

御園は、話題を変えることにした。核心を突く話題に。

「……今日、どうしたんです」

「どうした、とは？」

「なんか、イライラされてるみたいで」

その言葉に心当たりがありすぎた甘利田は口を閉ざす。現在も絶賛二日酔い中だ。

「昨日は昨日で、急にあんな風になっちゃって……」

そう言われた瞬間、甘利田はピクリと反応を見せた。

「きのう……」

「はい。ちょっと、驚いちゃって……」

（まったく覚えてない）

さらに続く御園からの発言に、甘利田のこめかみから冷や汗が流れた。心なしか御園が困惑しているのが、余計甘利田を焦らせる。

（なんだ。何を言った？　何を言ったか聞くのもマズそうな雰囲気だ。もしかして、コンコンと説教でもしたのか）

先ほどの、甘利田のツッパリ少年への態度を思えば、この発想に至るのは当然のことだ。

(ひどいことでも言ってしまったのか……何か、何かヒントを)

「まあ……ちょっと言い過ぎましたが……」

瞬間、御園は目を丸くした。

「……言い過ぎ、だったんですか」

驚きの後に御園が見せたのは、少し残念そうな「え?」という声と、曇った表情。

(違うのかー?)

甘利田が戸惑っている間に、相変わらず残念そうな表情に不満の色を滲ませ、ぷいっと横を向いて自分の作業に戻っていった。

落ち着きを取り戻すため、甘利田は引き出しから献立表を取り出して見つめる。

(今日はすき焼きだというのに、何たる心の不安定。まったくなってない。かつてない不手際だ。巻き返さねばならない。すき焼きに向けて心の安定を……)

真剣な眼差しで献立表を見つめ、瞑想に入ろうとしたそのとき。「先生」と再び御園が話しかけてきた。

「甘利田先生」

名前を呼ばれ、仕方なく瞑想を取りやめると返事をした。

「……なんですか」

「係決めなんですが……新しい係を考えてみたんですけど」

言いながら、御園は甘利田に紙を差し出した。文字を目で追う。

「……どれですか」

御園は「これです」と言って表の中にある「給食係」の文字を指さした。

「給食係を作ってみるのはどうかな、と。給食当番とは別に、給食にまつわる色んな問題を担当する係です」

「色んな問題とはなんですか」

「うちは食育教育に特化してますよね。給食に対する不満とか問題ってあると思うんです。そういうのを、クラスに一人担当する子がいてもいいのかなって」

「……」

「神野くんが適任だと思うんですけど……どう思われます？」

「神野は今、何係なんですか？」

「確か、飼育係です。校庭脇の飼育コーナーの」

御園からの情報を元に、甘利田は考える。

（奴を給食係にする。するとどうなる？　奴の自由奔放な所業は役職ゆえに制限されるのではないか。給食を普通に食べる。このことを徹底させるべき給食係にしてしまえば、奴の暴挙は食い止められる）

甘利田の脳裏には、先日独創的な発想で鯨のオーロラソース、ソフトめんを食べて自分の先を行った神野の姿が過った。

――神野のことを、どこか認めていたはずの甘利田。だが、今の甘利田は冷静なようで、度重なる「いつもと違うこと」によって、冷静さを失っていた。

「……なるほど、いいアイデアですね」

そう答えると、甘利田の今の心境を知らない御園は「そうですか」と笑顔になった。

「神野も喜ぶんじゃないですか」

「私もそう思うんですよ。じゃあ、六時間目に」

前向きな空気で話を終え、六時間目の係決めに臨むこととなった。


その前に、給食の時間である。

配膳、校歌斉唱を終え、「いただきます」の唱和と共に給食の時間が始まった。

いつものようにメガネを外し、まずはトレイ全体を見渡す甘利田。

（今日のメニューは、すき焼き風煮、ぶどうまめ、レーズンパンにマーガリン、デザートのりんご、牛乳とミルメーク）

全体を確認したのち、甘利田はある一点――すき焼き風煮を見つめた。

にんじん、玉ねぎ、じゃがいも、焼き豆腐、白滝、そして牛肉が、アルマイトの器の中でひしめき合っている。

(遂にきた……久しぶりのすき焼き！　学校給食でひき肉ではない、そのままの形で牛肉が入っているという奇跡！)

すき焼き風煮の器にそのまま鼻を近づけると、目を閉じて匂いを堪能する。

醤油で煮込まれた香ばしさ、砂糖やみりんが溶け込んだ甘い匂い、そしてそこに食欲を誘う牛肉の脂の匂いが混ざり合って、甘利田の鼻腔を刺激する。

(うーん、肉と割下の匂い……)

思わず生唾を飲んだ。あまりに魅力的な匂いに、甘利田は恍惚としていた。

(告白しよう。私はすき焼きというものを給食で初めて食べた……何々風煮、というのは給食メニューではよくあるが、このすき焼き風煮はその代表選手。それそのものにはなれない悲しさを帯びるのもまた、一興ではないか。大事なのは私にとって美味しく、価値があるということ……)

特別な思いを胸に、甘利田は厳かに先割れスプーンを手に取った。

(まずは)

ひと口大のじゃがいもを掬い、口に運ぶ。割下の甘辛さが、素朴な甘さを持つじゃがいもにしっかり染み込んでいた。

（美味い……よく味が染みている）

じゃがいもが、口の中でほろほろと溶けていく。口の中にじゃがいもがなくなると、今度は白滝を掬う。

（すき焼きの最強の脇役は、白滝だ）

色づいた白滝をつるりと口に流し込む。割下の甘じょっぱさが染み込み、弾力のある食感が楽しい。噛み応えを楽しみつつ、飲み込むと、ついに先割れスプーンに牛肉を載せた。割下を吸い込んで茶色く色づいた牛肉をじっくり眺める。

（いざ！）

気合と共に、口に入れる。瞬間、目を閉じた甘利田の表情が愉悦(ゆえつ)に染まった。

（素晴らしい……学校で牛肉という至高の贅沢）

牛肉の脂の旨味と割下がしっかり絡み合い、噛むたびに溶けていく。ゆっくり咀嚼しても、あっという間になくなった。それからにんじん、玉ねぎ、焼き豆腐と次々食べていく。どれも割下の味と牛肉の脂が染み込んでいる。

（給料日といえばすき焼き。それこそ日本独自の食文化。ニッポン万歳(ばんざい)）

勢いに乗り、すき焼き風煮の肉や野菜を食べていた甘利田だったが――ふと手を止める。小さな器を手に取り、中のもの――ぶどうまめを見る。

（ぶどうまめで一休み）

うっすら茶色く色づいた大豆と、黒っぽいシワシワのレーズンが、先割れスプーンで掬うとトロリとしている。

（賛否の中でも否が多いメニュー。ぶどうまめ。レーズンと大豆を一緒に醤油と砂糖で煮てしまうセンス！　ちなみにレーズンが入っているからぶどうまめではなく、煮込むと大豆がシワシワになってレーズンのようになるから『ぶどうまめ』なのだ）

大豆を一口。砂糖の主張の強い甘さに、ほんのり醤油の匂いと、大豆そのもののふっくらした食感と甘み。ゆっくり咀嚼して口の中を空にすると、今度はレーズンを掬う。

（これぞ摩訶不思議（まかふしぎ）の給食ワールド）

そう心で呟くと、レーズンも口に含んだ。レーズンそのものの爽やかな甘さが加わることで、醤油の存在感が完全に消えてしまった。

（甘さに飢えていた子供たちに甘いものを食べさせたい、という思いが詰まっているのだ……そう、食とは歴史）

一通りぶどうまめを頬張ると、次は牛乳に手を伸ばした。

（次は……すき焼きの日をさらにスペシャルにしてくれるミルメーク）

牛乳キャップのフタを外し、一口飲む。喉が渇いているから、ではない。

（溢れないようしっかりメモリを調整して……）

飲んで減った分の牛乳瓶を確認すると、ミルメーク（コーヒー味）の袋を破り、粉を慎重に牛乳瓶に注ぐ。

（以前、神野が鷲頭から借りたプロテインシェイカーやイチゴジャムに圧倒されたが……失敗しないようかき混ぜることは、可能だ）

先割れスプーンの柄の部分を牛乳瓶に差し、くるくると回転させる。するとみるみるうちに粉は溶けていき、牛乳が茶色――コーヒーの色に染まっていく。

（混ぜて……混ぜて……はっ！）

ゆっくりとスプーンを回していたが、中身が溢れ牛乳瓶に一筋の線を作った。

（しまった！　またこぼしてしまった！）

以前のいちごのミルメークのときもこぼしていたのだが、だからこそ動揺する甘利田。

ハンカチで慌てて牛乳瓶とトレイを拭く。

（かき回しシロまで完全に把握していたのに……！）

ふと、空になったミルメークの袋に視線を落とした。

そこには、「ミルメークコーヒー味」の下に「一〇グラム」の文字が。

（しまった。今日のコーヒー味は一〇グラム。イチゴ味より四グラム多いタイプだった！）

一瞬焦りで我を忘れかけた甘利田だったが、すぐに呼吸を整える。

（落ち着け……落ち着いて、四グラム分取り返すんだ……）

油断すると乱れてしまいそうな呼吸を整え、牛乳がミルメークによって変化したコーヒー牛乳を一口飲む。

（ふー。やはり美味い……）

コーヒーのほんのり苦みを感じさせる香ばしさ。だが実際には牛乳の甘みとミルメーク自体の甘みに癒される。

調子が戻ったところで、マーガリンの外紙を剝がし、レーズンパンに塗り込もうとスプーンを動かす。だが溶けていないマーガリンはなかなか塗れず、仕方なくレーズンパンの中に無理やり押し込むようにする。

（ぶどうまめの日にレーズンパンを持ってくるセンスが、まさに摩訶不思議の給食ワールド。そんな疑問を持つこと自体がナンセンス）

レーズンかぶりもいいところだが、甘利田にとっては些細なことだった。溶け切っていないマーガリンのついたレーズンパンを頰張る。マーガリンの塊を嚙んでしまうも、口内の温度でいい具合に溶け、クリーミーでほんのり感じられる塩の味がパンとレーズンに絡まる。

一通り給食すべてに手をつけた甘利田は、改めて姿勢を正した。

（では、いざ）

すき焼き風煮、ぶどうまめ、レーズンパン、コーヒー牛乳、の順番でテンポよく食べていき、最後にデザートのりんごを食べると――あっという間にトレイの上は空になった。

先割れスプーンを器に放ると、背もたれに倒れ込んで目を閉じる。

（……ごちそうさまでした）

ひと時の満足感に浸ると、目を開けた。いつものように、神野の様子をうかがう。

神野は何もせず動きを止めていた。トレイを見ながら、何かを待っているようだ。

（また奴は……今日は何を待っているんだ？）

そうしているうちに、神野はすき焼き煮風が入った器を手に取った。その下には、マーガリンが元の形を失った状態で姿を現した。

（はっ……液状化しとる）

さらに、すでに切れ目を入れていたレーズンパンにそのマーガリンを流し込む。

（なんだそれ、塗りやすいじゃないか！）

おいしそうにレーズンパンにかじりつくと、牛乳を飲む神野。

（相変わらず小癪なマネをしやがる。しかしあれだ……所詮今回はその程度か。今日の主役はすき焼きだ。マーガリンではない）

神野から視線を外す。安心しきった顔で、甘利田は窓の外に目をやった。余韻に浸っていると、カタカタと給食の時間に似つかわしくない音が聞こえてきた。

「ん……？」

音の出所を確認すると、神野は器の中で何かをかき混ぜていた。黄色でとろっとしたもの――生卵だ。

（生卵！　どういうことだ……）

甘利田が動揺している中、神野は平然と机に手を突っ込み――二個目の卵が現れた。

（二個目ー！）

またも生卵を割り入れると、牛肉を先割れスプーンに載せ、生卵に浸す。

（嘘だろ……やめろ……やめてくれ……！）

甘利田の声が聞こえるはずもなく、神野はそのまま豪快にかぶりついた。

（そんなの、ザ・スキヤキじゃないか！　うまいに決まってるだろ！　この野郎）

もうひと切れ、生卵に牛肉をたっぷり浸し食べる神野。おいしそうに頬を緩め、満面の笑みを浮かべて味わっている。

（信じられん。奴は卵を持参したということか。それはいくらなんでもルール違反だ。校内の食は、校内で完結させるのが不文律。素材の持ち込みは許されるものではない）

いつそんなルールが決まったのかは謎だが、そういうものらしい。悔しそうに神野を睨みつけるが、神野は幸せそうに食べ続けていた。

給食を終え、腹が満たされているというのに――甘利田の口内はすでに涎で充満していた。

牛肉を味わった次は、白滝を投入。それを食べている様子を見て甘利田は口を拭った。

（家から卵はご法度。さすがに注意せねばならん）

羨ましさを抑えつけ、立ち上がろうとしたそのとき――甘利田はあることを思い出した。

職員室での、御園とのやり取り。そうあれは、係に関する話をしていたときのこと。

『確か、飼育係です。校庭脇の飼育コーナーの』

その言葉を思い出した瞬間、動きが止まる。

（奴は……飼育係？）

結局そのまま立ち上がり、甘利田は外を見た。校庭の脇には、金網で囲われた場所――

飼育コーナーがある。そこを凝視すると、確かにニワトリの姿が見えた。

校内で飼育しているニワトリの卵。これなら甘利田のいうルール違反ではない、はずだ。

（……やられた）

甘利田が振り返ると、まだすき焼きを頰張り続けている神野と目が合った。嬉しそうな
顔のまま、そのまま咀嚼していく神野。

神野を止める理由が思いつかなかった甘利田は、またしても敗北感を味わっていた。

給食の時間が終わり、昼休み。校庭の片隅を金網で囲んだ飼育コーナーに、甘利田はや
ってきた。

数名の生徒が集まり、掃除をしている。その日の飼育コーナーの掃除当番らしい。そこには、神野の姿もあった。

ちらほら見えるウサギに交じって、何羽かのニワトリが歩き回っている。金網越しに、甘利田はそのニワトリをじっと見つめる。

すると、神野が甘利田に気づき会釈した。

「このニワトリは、卵を産むのか」

「はい。たまに」

「その卵はどうする？」

「気付いた人が持って帰ります。先生が持って行くこともあります」

「先生、とは？」

「体育の鷲頭先生です」

そう言われた瞬間、甘利田は昨日の放課後の職員室でのことが思い出された。考えに耽りたいのに、うるさくて思わず耳を塞いだ。その元凶はなんだったか。

プロテインシェイカーに生卵を入れてシェイクしていた、鷲頭。

「……そうか」

「卵はおいしく食べなさい、と校長先生が言ってました」

さらに言い添える神野に、甘利田は鋭い視線を向けた。

「お前は卵を仕入れる目的で、飼育係をやっているのか」

その言葉に、神野は答えない。今日のザ・スキヤキのことを少し後ろめたく思ったのかもしれない。

「飼育係は、生き物の大切さを学ぶためのものじゃないのか」

「はい」

「今後は控えるように」

そう言って話を打ち切ると、甘利田は飼育コーナーから歩み去っていった。


昨日のホームルームで宣言した通り、六時間目の一年一組は係決めだった。

学級委員である桐谷が前に出て、進行役を務めている。甘利田と御園はその様子を見守っていた。推薦したり、立候補したりとワイワイ盛り上がりつつ、決められていく。

黒板に係の名前がずらりと並んでいたが、すでに決定した生徒の名前はその下に併記されている。あらかた決定しているようで、係の空きは残り少ない。

「それでは、次は給食係」

桐谷が声を上げるが、聞き慣れない係に少し戸惑いがあるようだった。横で見ていた御園が歩み寄り、教壇に立った。

「給食係は新しい係なので、説明しますね。この常節中学校の精神は食育と健康です。だから給食の時間も、我が校は授業の一環となっています。そういう重要な給食のことを担当する係があってもいいんじゃないかということで、新しく作りました」

「では、給食係に立候補する人はいますか？」

さっきまで騒がしかった教室が、シーンと静まり返った。挙手する生徒はいない。

甘利田が神野に視線を向けるが、神野に動きはない。

「では、推薦を受け付けます。給食係に推薦したい人いますか？」

桐谷が続いてそう声をかけると、藤井が素早く手を挙げた。

「はい、藤井さん」

「神野くんがいいと思います」

瞬間、「おおー」「でたー」と騒がしくなる男子生徒たち。予想通りというような反応だった。桐谷は冷静に「推薦理由をお願いします」と促した。

「神野くんは、いつも給食を真剣に食べているからです」

——給食を、真剣に。

アルコールランプを使ったチーズフォンデュをした神野に、「食べ物で遊んでいるようにしか見えない」と言い切っていた藤井。だが、神野が給食に対して真剣であることを、藤井はやはり感じ取っていたのかもしれない。

「わかりました。他に推薦したい人？」

　桐谷が再び声をかけると、誰も手は挙がらなかった。代わりに「神野でいいんじゃねーの」と誰かの声がした。

「では、神野くん。推薦を受けますか」

　指名された神野は席を立つと、じっと甘利田を見つめた。

「給食係は、ルールを変える権利はありますか？」

「えっと……」

　桐谷は困ったように御園を見た。御園は代わりに答える。

「あ、どんどん提案はしてもらいたいと思ってます」

「その提案は通りますか」

「ことと場合によるわね」

　淡々と問いかけてくる神野に、真面目に答える御園。そこで、甘利田が立ち上がった。

「学校給食は献立もルールもきちんと決められている。もっと言えば食べ方もだ。給食係はそれを守るように皆を見張る役目だと思えばいい」

　甘利田の言葉に、御園は驚いて「それはちょっと……」と口を挟もうとする。想定していたこととは違うので、反論しようとしていた。

「だったら……僕は辞退します」

「神野くん、あのね」

「推薦を受けた以上、明確な理由がなければ拒否することはできないぞ」

御園の言葉をさらに遮り、詰め寄るように言い放つ甘利田。

そんな言葉に、神野は意を決したように表情を引き締め、答えた。

「——僕は、生徒会長に立候補したいと思っています」

瞬間、教室内がどよめいた。予想外すぎる神野の発言に、驚きが駆け巡る。

「……なんだと」

「なので、給食係はできません」

きっぱり言い切ると、そのまま席に着く神野。するとクラスメイトたちが「がんばれー」と声をかけると共に、拍手を送った。その拍手に、御園も加わっている。

甘利田だけが、納得いかない表情で一人、その場に立ち尽くしていた。


係決めが終わり、放課後の職員室は盛り上がっていた。

話題は、一年生の立場で生徒会長に立候補すると宣言した、神野のこと。

「一年生で立候補なんてすごいじゃないですか」

佐野が心から喜ばしそうに笑う。

「そうなんです。私もびっくりしちゃって」

「多分、我が校始まって以来ですよ」

「あ、一年生で生徒会長ですか」

「立候補もなかったんじゃないかな」

過去のことを思い出しながら、鷲頭がある意味のお墨付き（すみつ）を与えた。

甘利田は話に入ることもなく自席についていた。すると、校長室に通じる扉が開き、渡田が顔を出した。甘利田の姿を見つけると、手招きしてくる。

「甘利田先生、ちょっといいですか？」

「はい？」

「ちょっと、お客さん」

なぜ、お客さんが来たら甘利田が呼ばれるのか。その理由に心当たりがないまま、校長室まで移動した。

校長室に入ると、ソファに四、五〇代くらいの男が座っていた。大柄でいかつい風体の男で、眉間に皺を寄せて出された茶を啜っている。

「こちら、常節市の教育委員会の鏑木（かぶらぎ）さん」

渡田が甘利田に声をかけて紹介すると、「甘利田先生です」と男——鏑木にも紹介する。

「よろしくお願いします」

「どうも、甘利田です」

軽く挨拶を交わすと、渡田は鏑木の向かいに、甘利田はその隣に腰を下ろす。

「折り入ってお話がありましてね。ちょっとまだ、他の先生にはオフレコなんですが」

「はい」

「その、なんていうか……ははは」

状況が理解できない甘利田に対し、渡田は笑って誤魔化すようにして用件を言わない。まるで、自分の口からは言いづらい、とでもいうような態度だった。

だが鏑木は、はっきりと口にした。

「給食を廃止します」

端的過ぎる結論に、甘利田は言葉の意味を理解できず「は？」と間抜けな声が出る。

「鏑木さん、そんないきなり……」

「失礼。単刀直入に言うとそういうことです。常節市の三つある中学すべて、半年以内に給食を廃止する方向で、教育委員会で決定しました。今日はその通達です」

「あの……なぜですか？」

ようやく状況を理解し始め、甘利田は口を挟んだ。

「子供が増えたからです。来年四月の小学校の入学者が二割増。四つある小学校も軒並み四クラスから五クラスになります。市の給食センターは一つ。中学までは賄いきれんというわけです」

「……近隣の市町村から調達できないんですか」

「検討しましたが、周りも同じ悩みを抱えてまして」

「給食センターを大きくできないんですか」

「もうすでに過去三度改築して、建物的に限界です」

「では、各中学の現場でも部分的に作るとか」

「衛生的な問題があります」

「ならば……」

次から次へと考えつく提案を、片っ端から甘利田は口にした。そのすべてを、きちんとした理由で却下していく鏑木。それでも、諦める気はない甘利田だったが。

「ちょっとちょっと。決定事項、と私申し上げましたよね」

「しかし」

「ここで粘られても困るんです。我々もバカじゃないんであらゆる可能性は潰してます」

「気持ちはわかるんですが、ここはなんとも……」

渡田は、すでに鏑木の決定を受け入れているようだった。だが甘利田の表情は険しい。

「慣らし期間は必要ですので、完全移行前の半年は隔日給食に切り替えてください。月水金のみ給食、あとは弁当」

「そんな簡単に、父兄が納得しますかね」

「そこをお願いに、わざわざ来ているんですけど」

「納得してもらうしかないでしょう」

諦めきった渡田に、鏑木がさらに続ける。

「……だいたいね。中学にもなったら給食なんて本来いらんのですよ。何でもかんでも手取り足取り。こちらのモットーの食育健康も結構ですが、学校は勉強するところですよ。メシ食うところじゃない。食育はそれぞれの家庭でやってもらわないと。学校に押し付けるのも大概にしてもらいたいと思いませんか？」

「しかし……各家庭の事情というものもありますから、ここは慎重に事を進めないと」

渡田は給食廃止のことは受け入れても、その伝え方を思案しているようだった。

「とにかく。来月から給食は隔日になりますんで、よろしくお願いしますよ」

話を打ち切り、鏑木は立ち上がった。渡田も出入り口まで見送っていく。

結局甘利田は、動くことなくそのまま固まっていた。

――給食が、半年後には完全になくなる。その事実が、甘利田に重くきついダメージを与えていたのだった。

ラストメニュー

おいしい給食

　甘利田は口を開くこともなく、失意の表情でソファに座ったままだった。そこに、鏑木を見送った渡田が戻り、甘利田の向かいに座る。

「とにかく、市の決定なんで……仕方ないですね」

　渡田の言葉にも、どこか哀愁が感じられる。それでも、ほんの少しの明るさがあるのは、すでに受け入れてしまっているからなのかもしれない。

「他の先生には、折を見て私から話します」

　そう言うと、渡田の目はある額縁に向いた。常節中学校校歌の歌詞が書かれたものだ。

「この校歌も、変えたほうがいいかなぁ」

　受け入れてはいても、やはり渡田の声から哀愁は消えない。甘利田はようやく顔を上げ、渡田を見た。

「あの、なぜ私にだけ？」

「そりゃそうですよ。うちで一番給食を愛しているのは、甘利田先生じゃないですか」

　不意を打たれ、甘利田は目を見開いた。

「……そんなこと」

「バレてないと思ってました？　バレバレ。給食愛丸出し」

ぶっきらぼうに否定しようとするも、渡田は豪快に笑って言い切った。そこまで言い切られれば、言い訳する気にもなれない。

「……だから、最初にお話ししました。まずあなたの理解を得たいと思ったので」

――理解。そう言われたところで、すぐに受け入れられるものでもない。

だが、甘利田幸男は教師だ。給食を愛する者ではあるが、ルールを尊び、子供たちを導く教師という立場だ。もう決まってしまったもの、というなら――受け入れざるを得ない。

そこに甘利田の理解があろうがなかろうが。


校長室での話が終わり、甘利田は誰もいない一年一組のベランダに出ていた。

下校していく生徒たちをただぼんやりと眺めていると、そこに御園がやってきた。

「あ、先生ここにいらしたんですか」

その様子だと、しばらく探していたらしい。誰にも声をかけずにここまで来たので当然と言えば当然だが。

甘利田がぼんやりしたまま振り返ると、御園は隣に並んだ。

「校長の話、何でした？」

「……いえ」

「お客さんって、どなただったんですか？」

御園からの問いに、曖昧に返事をした甘利田は再び校庭に顔を向けた。

「見てください。生徒たちが帰っていきます」

「ええ、もう下校時間ですから」

「毎日学校に来て、毎日帰る。あいつら学校……楽しいですかね」

「……どうしたんですか？」

さすがに異変を察したのか、御園は心配そうに表情を曇らせてさらに問う。

「なんかおかしいですよ、甘利田先生」

「先生は、学校楽しいですか？」

ついに御園が黙ったことで、ようやく今の自分が正常ではないことに気づいた甘利田は、早口で「すみません。忘れてください」と話を切り上げようとした。

だが御園は、まっすぐ甘利田を見て答えた。

「楽しいです。生徒たちは可愛いし、甘利田先生に会うの……毎日刺激になります」

「私が、刺激？」

予想外の言葉に戸惑う。それでも、御園はためらうことなく言葉を続けた。

「だって甘利田先生、何事も頑張ってるじゃないですか。頑張ってる人を応援するのが、私のやり方。だから、頑張れます」

「先生は……真面目ですね」

少しだけ甘利田は笑った。御園ひとみがどういう人間だったか改めて思い出したのだ。

何かやるとなったら徹底的にやる。真面目で、まっすぐな教師。

「甘利田先生だって」

「いや。私は不真面目なんですよ」

自嘲気味に笑うと――ふと、御園の手が甘利田の顔まで伸びてきた。

「！」

突然の動きに驚いたが、身動きが取れなかった。

甘利田の前髪についていた小さな葉っぱを見せると、御園は小さく笑った。ベランダにいる間に、風に運ばれてきたのだろう。

「葉っぱ、ついてました」

「……はい」

自然と、甘利田も小さく微笑んでいた。

何があったというわけでもない。だが今この瞬間――甘利田と御園は同じ空間で、同じ心地好い時間を過ごしていたのは確かだった。

翌日、校門前。甘利田はいつものように立っていたが――昨日以上にぼーっとしていた。

「給食のために学校に来ているといっても過言ではない」とまで言い切っていた甘利田にとって、自分だけが知る市の決定は、最もダメージを受けるものだった。

「おはようございます」

「はい、おはようございます」

甘利田が答えない代わりに、甘利田の隣に立っている佐野が元気に挨拶を返していた。

そこに、昨日甘利田に追い返されたツッパリ少年がやってきた。リーゼントではなく、服装もしっかり整えられた学生服姿に変わっている。甘利田の存在に気づくと、恐怖で顔を引きつらせた。

「お、おはようございます……」

「おはようございます」

小さく挨拶すると、佐野が明るく返事をする。

あれだけ激しく注意し、「学校に来るな」とまで言い切った甘利田は、無反応だった。びくびくしながら甘利田をうかがい、元ツッパリ少年は校門を通って行った。元々ごく普通の少年で、少しイメチェンしたかっただけだったのかもしれない。

少しすると、生徒の数がまばらになってきた。そのタイミングを狙ってか、佐野は甘利田との距離を詰め、こそっと話しかけてきた。

「先生、昨日いい感じでしたね？」

「……は？」

「放課後。ベランダ。御園先生と」

佐野のほうを一切見ていなかった甘利田は、その囁きでビクっと反応した。得体の知れないものでも見るような目で、佐野を見る。

「もうすぐ私も実習期間終わりですけど、これだけは見届けたいなぁ」

「……何を？」

「いやだから、先生と御園先生の、その」

「……何を」

「だってあんな場面見ちゃったら、ねえ」

佐野はやけに楽しそうだった。そこに裏や思惑はなく、ただ興味があるというように見える。そんな佐野に、甘利田はどう返せばいいのかわからなかった。

職員室に戻ると、甘利田は自席で日課である献立表の確認を始めた。いつも通り献立表をじっと見ているが――

（あんな場面ってなんだ？　見届けたいとはなんだ？　私は一体何を……）

頭は、別のことを考えていた。隣では、御園が授業の準備作業をしている気配を感じるが——あえて、目の前の献立表を見つめた。

（今は給食に集中だ。残り少ない機会を、無駄にしてはならない）

今日の日付の献立に集中しようとしたとき、「先生」と御園が話しかけてきた。出端をくじかれる。

「これ、ご覧になりました？」

御園の手には、一枚のプリントが握られている。

「……なんですか」

「生徒会長の立候補者は三人。神野くん以外は二年生です」

その言葉と共にプリントを手渡され、甘利田はそこに視線を落とす。

「その、選挙公約のところ……」

候補者名の「神野ゴウ」と書かれた公約の欄に、「給食の改革」と書かれていた。甘利田は目を見開く。

「やっぱり、神野くんのテーマはそこなんですよね」

「……」

「一組の生徒たち、盛り上がってますよ。一年生の生徒会長なんてすごいですから。みんな協力してて。教師は中立ですけど、私も応援してます」

神野が望み、公約に掲げる「給食の改革」。すでにそれが叶わないと知っている甘利田は、ただ黙って公約の文字を見つめることしかできなかった。

御園の言う通り、一年一組は「一年生生徒会長」を擁立（ようりつ）するために協力していた。

藤井が神野の似顔絵を描き、それを元に一年一組の生徒たちで相談し、選挙用ポスターを作成。そこには「給食改革」の文字が大きく書かれていた。

廊下の壁に貼られたポスターは他の生徒たちにも好評なようで、ポスター前で楽しそうに話している姿がある。

「給食改革？」

「具体的に何すんの？」

後ろの方にいた男子生徒二人が話していると、もう一人が加わって来た。

「生徒が考えるメニューの、月一回実現、だってさ」

「え、マジで？　そんなことできんの？」

「やるんだろ」

「てかそれどこで聞いたの？」

「あそこ」

最後に加わった男子は、階段のほうを指さす。そこには、階段を上がって来た生徒たちにビラを配っている少年――神野と、そのクラスメイトたちの姿があった。

「ちょっともらってこようぜ」

「おう」

二人は頷き合うと、神野たちのところへ駆け寄っていった。


選挙活動は、休み時間だけではなく放課後にも行われた。

玄関口に立ち、神野やクラスメイト――このときは、児島、藤田、高橋たちも一緒になってビラを配っていた。

「次の生徒会長選挙に立候補する神野ゴウ、よろしくお願いします」

声をかけながらビラを差し出す神野。

「神野が生徒会長になったら、給食を好きなメニューにできるぞ！」

強気に声を張り上げる児島に押され、何人かがビラを受け取る。

「あれ、全部するんだっけ？」

「さすがに全部はないって。月一だよ月一」

ビラを差し出しながら、高橋の疑問に藤田が答える。

「月一でも、好きなモン出たら最高だろ！」

常々給食に文句を言っていた児島は、妙に張り切っていた。

しばらく配り続けていると、だんだん人の姿がまばらになってきた。大方の生徒が下校してしまったのかもしれない。

そんなとき、靴箱の向こうを歩いている佐野の姿を見つけ、神野が走り出した。

「あ、おい！」

棒立ちになっていた児島も後を追い、藤田と高橋も続く。靴を履き替えて廊下に出る。

「佐野先生！」

神野の声に、佐野が足を止めて振り返った。神野を先頭に、四人は佐野に歩み寄った。

「あの、これ……お願いします！」

神野はビラの束を佐野に差し出す。佐野は受け取らず、苦笑で答える。

「教師は贔屓しちゃダメなんだよ」

「そんなカタイこと言うなよ、なあ？」

児島がそう言うと、藤田と高橋も「そうそう」「いいじゃんちょっとくらい」と声を上げる。それを見て少し申し訳なさそうな顔になる佐野。

なぁなぁで押し切ろうとする児島たちと違い、神野はまっすぐ佐野を見つめて告げた。

「先生は教師ではなく、実習生だと聞きました。先生の女子人気は絶大です。よろしくお願いします」

深く頭を下げる神野。児島たちは「ああそっかそれだ！」と「教師」ではないという事実に気づき、神野に倣って頭を下げた。藤田と高橋もそれに続く。

その頼みに、佐野はどう応えたのか――


翌日の休み時間。佐野はまた、女子生徒に取り囲まれていた。数人いるため、ぱっと見では佐野の全容――何をしているかまでは見えない。

「……これ、よかったら見てみて」

「先生これ選挙の」

「いいんですかー」

「ナイショナイショ。僕まだ実習生だから」

そんな小声の会話を繰り広げつつ、持っていたもの――昨日神野たちから預かった、選挙用のビラを女子生徒たちに渡していた。

ワイワイしている女子生徒たちに囲まれて、佐野はふと視線を感じた。

甘利田だ。数メートル離れたところから、じっと佐野のことを見ていた。佐野の手には今ちょうど配っていたビラの束。

「！」

慌ててササッとビラの束を背中に隠した佐野は、特に気まずそうなこともなく、照れ笑いで甘利田の視線に応えていた。

それを見た甘利田は、無言でその場を去って行った。


選挙活動が行われる中、この日は職員会議があった。長机を繋げて四角に並べ、それぞれ向かい合うように教師たちが座っている。

黒板には、生徒会選挙候補者の名前と、その公約が表の形を使って書かれていた。

教師たちはすでに集まり、雑談中。御園や鷲頭、佐野もいた。甘利田もすでに席についていたが、誰とも会話せず微動だにしていない。まだ始まっていないのは、校長の渡田がいないからだった。

すると引き戸が開き、渡田が顔を出した。扇子で扇ぎながら会議室に足を踏み入れる。

「どうもお待たせしちゃって」

渡田は空いていた席に座ると、黒板を仰ぎ見る。教師たちの雑談が収まる。

「生徒会選挙の季節ですか。今年は校内、盛り上がってるみたいですね」

「我が校始まって以来の、一年生候補がいますから」

「一年で。そりゃすごい。どれどれ」

なぜか得意げなのは鷲頭。それに感心したように頷いた渡田は、改めて黒板を見渡す。

「神野ゴウくん。本当だ一年一組。甘利田先生のクラスですね」

「……はい」

返事をした甘利田の声はどこか暗い。元々明るい方ではないが、単純に力がなかった。

渡田は公約を読むと、さっきまでの柔らかな笑顔を引っ込めた。

「……こりゃ、ダメだ」

いつも大らかな渡田が、一言で切り捨てた。その声の厳しさに、他の教師たちからは一様に「え」と意外そうな声が上がる。

「……甘利田先生、これは……ワザと？」

「違います」

珍しく険を含んだ渡田の声に、即答する甘利田。

「これは、だって……無理じゃん」

沈痛な面持ちで、さらに公約を否定していく渡田。甘利田と渡田にしかわからない何かを感じた御園が口を挟む。

「あの……どういうことでしょう？」

「……いや、その……まあ仕方ないか。今発表しましょう」

小さくため息をつくと、厳しい声で続けた。

「これから話すことは、絶対生徒にはまだ公言しないでください。しかるべき手続きを取った上で、ＰＴＡの理解を得て、慎重に通達する予定ですので」

かなり深刻な雰囲気に、教師たちもどよめく。

そんな中で、甘利田はただ座っていることしかできなかった。


会議が終わると、甘利田は逸早く会議室を出た。廊下を進んでいると、後ろから駆け寄ってくる足音が聞こえる。御園が、甘利田の横まで追いついてきた。

「……先生は、知ってたんですか？」

給食は、半年の慣らし期間を経たのち、廃止になる。今しがた、渡田から発表があったばかりだ。

「……はい」

「納得したんですか？」

「市の決定ですから」

淡々と答える甘利田に、御園の顔に怒りが滲み始めた。

「だって、神野くんはどうなるんですか」

「公約を変えるしかありませんね」

態度が少しも変わらない甘利田に、ますます声を荒らげる。

「それって、ひどくないですか」

「給食がなくなるんです。給食改革もクソもない」

「そんなこと、神野くんにとても言えません」

「私が言います」

躊躇いのない言い方に、御園は何かを察し——絶望するように顔を顰めた。

「まさか先生、わざと神野くんに伝えないで、陰で笑ってたんですか？」

甘利田は肯定も否定もしない。だが御園にとって、それで十分だった。

「見損ないました」

今まで、おどおどしたり呆れたり怒ったりと、感情表現豊かだった御園が、苦しそうに低い声を無理矢理絞り出し、甘利田にぶつけた。

力なく廊下を引き返していく御園の後ろ姿を、甘利田は黙って見つめていた。

御園からキツイ言葉を浴びた甘利田は、その足で配膳室までやってきていた。これはもう、習慣づいているので仕方がない。

中を覗いてみると、奥の椅子に座って外を見ている牧野の姿が見えた。作業は大体終わっているらしい。静かに見ていた甘利田だが、その視線に気づいたのか牧野が振り返った。

「あら先生。どうしたの？」

「牧野さんこそ、こんな時間にどうしました？」

「うーん。なんかねー……聞いてる？」

元気のない牧野の様子を見れば、何のことかは明らかだった。給食が最終的になくなる、という話だろう。

「私ら、今朝聞いて。甘利田は「はい」と静かに答える。

「そうでしたか」

「来月から週三日だから、何か内職でも始めようかしら」

明るく振舞っているが、その声が少し震えていることに甘利田は気づいていた。

「先生も、ショックだったでしょう」

「……私は、べつに」

甘利田を給食好きと認識している牧野に、甘利田もいつものように否定する。だが今日は、それで終わらなかった。

「ショックだったって……言って」

ほんの僅かにあった明るさが、消える。

「言ってほしいの」

いつもの、茶化す感じは欠片もない。牧野は泣き笑いのような顔で、甘利田に懇願した。忙しそうにしながらも、甘利田が何か聞けば笑顔で答えてくれた牧野。からかうような素振りはあっても、それは「給食が好き」と思ってくれている相手への、嬉しさの裏返しだったのかもしれない。

甘利田は給食好きとして、その給食をいつも準備してくれた牧野に敬意を表するために、今まで一度も口にしなかった給食への気持ちを、言葉にした。

「私は……給食廃止を聞いて……ショックでした」

その言葉に満足したのか、牧野は微かに笑って甘利田を見つめた。

「そう言ってもらえて、よかったわ」

その笑顔につられるように、甘利田も小さく笑った。だが牧野はすぐに、どこか遠くを見るような表情に変わった。

「あの子も……ショックでしょうね」

牧野の言う「あの子」。甘利田も、まだ給食廃止の事実を知らないその生徒の顔が脳裏に浮かび、再び表情を曇らせた。

翌朝。いつものように甘利田が校門前に立っていると、校内からこちらに向かってくる人の気配に気づいた。校門の向こうを見ると、神野を先頭に何人かの生徒が歩いてくる。

甘利田の隣で足を止めると、神野が声をかけてきた。

「先生、生徒会選挙のチラシを、ここで配ってもいいですか？　選挙も大詰めですので、お願いします」

「……ダメだ」

神野の頼みを、甘利田は切って捨てた。

「選挙は公平であるべきだ。お前だけ許可はできない」

「僕は一年なので不利です。このくらいのハンデはいいと思います」

「勝手な判断で学校の決まりを変えられると思うな。世の中そんなに甘くない」

食い下がる神野だったが、容赦なく切り捨て続ける甘利田。言葉自体に違和感はないものの、その声は妙に頑なだった。

そこにはほんの少し、「人の気も知らないで」とでもいうような、苛立ちのようなものもあったかもしれない。

「……そうですか」

それを感じたかどうかはともかく、神野は素直に引き下がった。チラシの一枚を取ると、甘利田に差し出す。

「では、これどうぞ。よろしくお願いします」

甘利田が受け取ると、そのまま一緒にいた生徒たちと校内へ戻って行った。

手渡されたチラシには、「給食改革」と大きな文字がレイアウトされている。中央に描かれた神野の笑顔が、まっすぐ甘利田を見つめていた。


朝のホームルーム。教壇に立った御園が、今日の連絡事項を通達していた。

「今日は四時間目の授業はなしで、立会演説になります。みんな三時間目が終わったら、体育館に移動してください」

だが言われるまでもなく、すでに生徒たちは把握していた。「神野頑張れ！」「応援してるからな！」と声援が送られる。それに反応した神野がその場に立つと、声が止んだ。

「みんなに手伝ってもらって、本当に嬉しかったです。こんなに応援してもらえると思ってなかったので、なんだか、初めてクラスの一員になれた気がしました。今日は悔いがないように、頑張ります」

気合の入った表情で最後まで言い切ると、生徒たちから盛大な拍手が起こった。声援も加わり、盛り上がる一年一組の生徒たち。

立候補表明のときは一緒に拍手を送っていた御園だったが、今は拍手せずに、甘利田のほうに目配せした。

御園は、このまま何も知らせずに演説をさせないほうがいいと考えているのだろう。その視線は、甘利田が言った「私が話します」という言葉の実行を望んでいるようだった。

甘利田は、黙ってその目配せを受け取った。


三時間目の授業が終わり——ついに、立会演説の時間がやってきた。全校生徒が少しずつ体育館に移動を始める。

一年一組も移動を開始し、その中には意気揚々(ようよう)と進んでいく神野の姿もあった。

「——神野」

体育館への渡り廊下を移動中のざわつきの中、無機質な声が呼び止めた。神野が振り返ると、校庭のほうに甘利田が立っている。

いつもの無愛想で険しい顔つきとは少し違う。深刻そうで、ただならぬ様子だった。

神野の表情が戸惑いに変わる。何かあると察するも、それが何かはわからないからだ。

無言で手招きする甘利田に従い、神野は列を抜けて校庭に向かって歩き出した。

校庭の隅、体育館からは少し離れた場所。二人は向き合っているが、甘利田は神野と目を合わそうとはせず、腕組みしている。

「今日の立会演説な」

「はい」

「やめておけ」

「なぜですか？」

呼び出すからには何かあると覚悟していたのか、神野は理不尽な制止に顔色を変えることなくたずねる。

「お前の主張は、意味をなさないからだ」

「どういうことか、教えてください」

真剣に問う迷いのない神野に、甘利田はハッキリと告げた。

「来年四月から、我が校から給食がなくなる」

「！」

ここで初めて、神野の表情が変わった。目を見開き、何か言おうと口を開くも、言葉は出てこない。

「だからお前の選挙公約は、成立しない」

「それは……本当ですか」

「本当だ」

ようやく口にした言葉も、甘利田は容赦なく切り捨てる。

「まだ、誰も知らないんですね」

「教員以外は知らない。きちんと筋道を立てて、みんなには話すことになっている」

考え込むように俯き、口を閉ざす神野。その様子を受け入れたと判断した甘利田は、追い打ちをかけるように続ける。

「今日の立会演説はやめておけ。皆には私から話す」

「──それは、できません」

だが神野は顔を上げ、甘利田を見据えてそう言い切った。その様子に危機感を覚えた甘利田は「おい」とさらに言い募ろうとするが、神野が遮る。

「給食、いつなくなるんですか」

「半年後だ」

「じゃあ、それまではあるんですね」

「お前の公約とは辻褄が合わんだろ」

「いいんです。僕は給食が好きですから」

そう締めくくると、神野はそのまま体育館に戻ろうと歩き始めた。納得していないのがわかる神野に、甘利田は「おい」と呼び止める。

「この話は、まだ言ってはならんぞ。きちんとPTAにも話して……」

大人としての筋道を説明しようとする甘利田。だが神野は、無視して言い放った。

「──それで先生は、いいんですか？」

まっすぐ甘利田を見る神野は、悔しさで歪みそうになる表情を必死で堪えているようだった。知らされた事実を処理しきれない中で――自分に対する同意を求めるように。

――いいわけがない。

だが甘利田は何も言えず、体育館に戻る神野の背中を見つめることしかできなかった。


立会演説は滞りなく進んでいた。生徒たちは体育座りで壇上を見上げ、教師たちは体育館の壁際にパイプ椅子を出し、座って演説を聞いている。

甘利田は、険しい顔つきのまま目を閉じていた。

「――ぜひ、僕に皆さんの清き一票をお願いします」

ちょうど、二年生の候補者二人が終わったところだった。まばらな拍手を前に礼をすると、二年生候補者は演説台から退き、舞台の袖まで去っていく。

舞台下には、スタンドマイクが置いてあった。その近くのパイプ椅子に座っていた磐田がその前に立つ。

「はい。それでは次の候補者。一年一組、神野ゴウくん。お願いします」

神野は二年生と入れ替わりに演説台に進み出た。姿が見えると同時に、一年一組から一斉に歓声が上がった。「がんばれー!」「お前ならできるー!」と応援の声が飛ぶ。

神野が演説台に立つと、拍手と歓声はピタリと止んだ。

「僕は一年一組の……神野ゴウです。この度生徒会長に立候補しました。僕の主張は……」

マイク越しに、神野の声が拡声され体育館中に響く。だが、神野の声に元気はない。言葉が途切れてしばらく経っても、続く言葉はない。

神野の異変に気付いた生徒たちがざわつき始めた。教師たちも顔を見合わせる。

それでも甘利田は舞台上を見ず、正面を向いたままだ。

「僕の主張は、給食についてです……いや……でした」

そう神野が続けた途端、渡田が甘利田を見た。反応を確認するように。

甘利田は動かない。神野の言葉は続く。

「給食について主張したかったんですが……できなくなりました」

か細い声がマイクによって響き、それに応えるように「なんでだよー」「どうしたんだ神野」「神野くん」と、責めるよりも疑問や心配そうな声が上がってくる。

「僕を応援してくれたみんな……ごめんなさい」

謝罪の言葉と共に、頭を下げる神野。一年一組を中心に、騒ぎは大きくなっていった。

その様子を見かねて、一度パイプ椅子に戻っていた磐田がマイクを手に取った。

「おい、静かにしなさい」

騒ぎを止めようと声をかける磐田の元に、渡田が歩み寄り、耳元で何事か囁いた。磐田は再びマイクに向かって喋る。

「えー、神野くんの演説は、以上でいいですか？」

舞台上に向けた問いに、神野は答えない。代わりに「まだ何も話してませーん」「頑張れ神野！」と一年一組の生徒たちの声援が飛んだ。それでも、神野は黙ったままだった。

「いいですね。じゃあ以上で、生徒会長候補の立会演説は終わります」

沈黙を肯定と受け取った磐田は、そのまま打ち切ろうとする。「続いて、副会長候補……」と言いかけたところで——神野が動いた。

「——給食が、なくなります！」

強く悲痛な叫び。瞬間、悲鳴のような声が生徒たちから響いた。

教師たちは激しく動揺し、苦悶の表情を見せる。演説を打ち切ろうとしていた渡田は「やれやれ」と頭を掻いて笑うも、困惑が浮かんでいる。

甘利田は、そんな騒ぎになってもじっと動かなかった。

「来年からこの常節中学校は給食のない、弁当持参の学校に変わるそうです」

さっきまでは応援ムードだった生徒たちから、怒号が飛ぶ。だがこれは神野にではない。今神野の口から発せられた言葉そのものに対してだった。

「なぜそうなるのかは、わかりません。でも事実です」

渡田が諦めたように磐田に再び何事か伝えると、磐田はもう一度マイク越しに声をかける。

「はい。神野くん、演説は以上で終わりですね。舞台袖に戻ってください」

だが神野は、止まらなかった。

「僕が今、思っていることは、そんな重要なことを……大人たちだけで決めてしまうのは許せない、ということです」

神野の言葉を聞いた瞬間、怒りや不安に満ちた声が大きな拍手の波に変わった。このままではダメだと気づいた磐田は走り出した。

渡田は扇子で舞台を指し示し、「先生たちも！」と慌てた様子で他の教師たちにも声をかける。だが鷲頭や御園たちは立ち上がるも、迷うようにオロオロするばかりだった。

そんな中一人パイプ椅子に座ったままの甘利田の元に、渡田が小走りで近寄ってきた。

「甘利田先生、どうにかしてくださいよ、もう」

さすがに事が大きくなり始めたことで、渡田の表情にも余裕はなくなっていた。それでも、甘利田は反応しなかった。

一方、磐田は舞台に上がり、神野を止めようとしていた。だが神野は演台のマイクを摑んで抵抗する。

「この学校には、僕と同じで給食のことが好きで、給食の時間を大事にしている先生もいたはずです」

神野の悲痛な叫びが——不動だった甘利田の目を開かせた。

「だけど……どうして……」

弱くなっていく神野の声。立ち上がった甘利田は、ずんずんと強い足取りで舞台へ向かった。

「いい加減にしなさい！」

舞台上では、磐田が厳しい制止の声と同時に神野を演台から引き剝がしていた。それでも神野は、もう一度マイクを奪おうと食い下がる。だが舞台上には、すでに他の教師も集まり始めていて、神野の脇から、二人がかりで捕まえようと手を伸ばす。

その間、生徒たちからは再び怒りのこもった叫びが響く。中には悲鳴を上げる女子生徒もいる。一人の生徒を複数の大人で抑え込もうとしている光景が異様に映ったのだろう。しかも神野は、そこまでされるほどおかしなことを言っていない。

神野の言うことは、正しい。

「観念しなさ——」

他の教師たちに捕まる神野を見て、口を開いた瞬間——磐田が舞台上で転がった。

磐田がいた場所に立っているのは——甘利田だった。

無言のまま、甘利田は神野を脇から摑まえていた教師たちを力任せに引き剝がしていく。

「……先生」

悔しさや悲しみを掻き混ぜたような複雑な表情の神野。その腕を掴むと、甘利田は引っ張ったまま舞台から降り、騒然とする体育館の外へ連れ出した。

喧騒(けんそう)が遠くなると、甘利田は足を止めた。自然と神野の足も止まり――静かにしゃくりあげ始めた。

掴んだままの腕を離して振り返ると、神野の目には涙がたまっていた。

「……行くぞ」

先に歩き始める甘利田だが、神野は動かない。歩みを止めることなく、甘利田は続けた。

「――もうすぐ、給食の時間だ」

「！」

その言葉に反応し、神野も後を追いかけた。

やってきたのは、配膳室。二人は出入り口前に立ち、何かを待っていた。すると、奥から牧野がやってきた。

「――できたわよ」

牧野は、二人分のトレイを運んできた。ナルトや野菜の入ったラーメン、春巻き、海藻(かいそう)

サラダ、牛乳、オレンジ色のキャロットゼリーの器がそれぞれ載っている。

「今日はラーメンよ」

差し出すと、甘利田と神野は自然と笑顔になった。慎重にトレイを受け取る。

「でも、何で二人だけ？」

不思議そうな顔でたずねる牧野に、甘利田は答えない。今までこんなことはなかったので、疑問に思うのも仕方がないのだが——

ちょうどそのとき、チャイムが鳴り響いた。四限目が終わり——給食の時間だ。

「……では。ありがとうございました」

結局牧野に説明することはなく、甘利田は頭を下げる。神野も倣ってぺこりと頭を下げると、二人は配膳室から出て行った。


給食の載ったトレイを持った甘利田と神野は——放送室にいた。

ガチャン、と外から扉を引く音が聞こえたが、すぐに物音はしなくなる。放送当番がやってきたのだろうが、今放送室は内側から鍵をかけ、二人が占拠していた。

向かい合った机に載ったトレイは、二つとも手をつけられないまま置かれており、甘利田と神野は放送室内の時計を見上げている。

「そろそろ始まるな」

　神野は、じっと給食を見ていた。単にお腹が空いたとかおいしそうという感情だけではなく——この給食が、あと何回食べられるのかを考えていたのかもしれない。

　トレイの載った机を前に、甘利田は続けた。

「思う存分話せ。今日の給食は、その後だ」

「はい」

　返事の後、マイク前の椅子に座っていた神野は、マイクの電源を入れた。

　一年一組の教室では配膳がほぼ終わり、ちょうど給食当番も白衣を脱いで簡単な後片付けを終えたところだった。

　甘利田と神野の席を見て不安そうにしている御園だったが、もうすぐ給食の準備が整う。仕方なく、御園は全体に声をかけた。

「じゃあ、いただきましょうか……」

　ちょうどそのとき、黒板上に設置されているスピーカーからブツン、と電源の入る音がして、ハウリングでキーンと耳が痛くなる音が響く。いつもと違う音に、みんなスピーカーを見上げた。

『皆さん、こんにちは。一年一組の神野ゴウです』

聞こえてきたのは、神野の声だ。

『先ほどの立会演説では話せませんでしたので、今、校内放送でお話ししたいと思います』

誰かが「神野くんだ」と呟いた瞬間、教室は騒然となった。

御園は真剣な表情で、放送の続きを待っていた。


『給食の時間は、僕にとって特別なものでした。家では食べたことのないような料理、毎日違う献立。小学生のときから、僕は給食が楽しみで学校に来ていました』

神野の声は、全校生徒に届けられた。一年一組だけではなく、どの教室の生徒たちも聴き入っていた。

『どうして献立は毎日変わるのに、牛乳とパンは変わらないんだろう。八宝菜にも牛乳とパン。カレーシチューにも牛乳とパン。酢豚にも牛乳とパン。なぜこのセットじゃなきゃいけないのか。そう考えたら、色んな疑問が湧き出しました』

配膳室にも、神野の声は響いていた。椅子に座って休憩していた牧野は、神野の声にじっと耳を傾ける。神野の声は、続いた。

『献立は偉い人が健康のバランスを考えて決めてくれていると思います。でも、一人ひとりおいしく食べる方法を考えてもいいんじゃないかと思うようになりました。もっと言えば、僕たちが新しいメニューを提案できたらいいと思いました。そうしたら、僕はもっと給食を好きになれる。学校を好きになれる』

職員室でも、さっきは舞台上で神野を止めた教師を含め、みんな静かに聞いていた。誰も止めに行こうと動く者はいなかった。

『それを選挙で訴えたかったんですが、もう無理になってしまいました。僕はこんな風に給食が終わるなんて思ってもみなかったので、今頭が真っ白です。同時に、僕はなんでこんなに給食がなくなることが残念なのか、ずっと考えています』

さっき神野を止めるよう指示した渡田も、校長室で静かに神野の声を聞いていた。その顔が微かに笑っていることを知る人間はいない。

「そもそも僕は何で給食がこんなに好きなのか。これまで考えたこともありませんでした。何かを好きになるということは、そういうことだとお母さんが言っていました。でもそれには、きっと理由があるはずです」

――だから神野は、悲しさと悔しさで流れそうになる涙を堪えて、考えていた。

給食は、小学生の頃から好きだった。給食そのものが好きな理由も、よくわかっている。

でもやはり、それだけではない。

ただ好きというだけなら、わざわざタルタルソースをこっそり持ち出して使ってみたり、教師から道具を借りたり、汚れるのを覚悟して体操着を着込んで給食を食べたりしない。

足りないものに気づいても届けられるのを信じて待ったりしないし、嫌いな食べ物への罪悪感を形にして贖罪しようなんて思ったりしない。

出てきたすべての給食にわざわざひと手間加えて食べたり、すでにお腹がいっぱいの状態でも食べられる工夫を全力でしたりしない。

給食の一つがダメになってもなお諦めずおいしく食べようと無茶なことをしたり、ごはんが誤配送されたからって他校まで乗り込んでいったりしない。

——誰かのために、自分が工夫して作ったものをあげたりしない。

ただ好きなだけなら——給食に関する公約を掲げて選挙になんて出なかっただろう。

「それで気づいたんです。僕が給食を好きな理由は、みんな一緒に、みんなと同じごはんを食べるからなんだって」

——全然違うのに、同じものを見て給食を食べている人の存在があった。

「こんな大人数で、いつも同じ時間に、きちんと配膳して、好きなものも嫌いなものもあるけど、毎日牛乳とパンだけど、みんなで食べて、みんなで片付けて」

放送している間、椅子に座った甘利田は神野の後ろで聞いていた。その存在を感じながら、神野はマイクに向かって話し続けた。

「その時間は、僕にとって、すごく特別な時間で」

神野がそう思えたのは、ずっと後ろで見守っている甘利田の存在が大きかった。

ただ一人、密かに楽しむだけだったら。教室の中で、たくさんのクラスメイトがいても、きっと神野は一人だった。一緒に食べている、とは感じられなかったかもしれない。

甘利田の——周りに隠しているつもりでも、まったく隠しきれていない給食愛。

好きなものでも、特別好きなわけじゃないものでも、苦手なものでも、給食のメニュー一つ一つを愛し、自分なりに全力で楽しんで食べていた甘利田。

その姿を見せつけられたから、神野はあそこまで給食に対して全力になっていた。

「だから僕は、給食が好きなんだって思います」

甘利田の姿を見て、神野は給食をもっとおいしく食べられる方法を考えるようになっていた。一生懸命噛みしめる甘利田とは、また違う形で。

それを披露(ひろう)するたび、甘利田は興味のないフリをしてしっかり食いついてきた。

そしていつの間にか、その様子をこっそり見ているクラスメイトたちがいることにも気づいた。

給食という場が、ただ与えられたものを食べるだけではない——楽しい時間に変わったのだ。

「来年から給食はなくなってしまいますが、残された期間で悔いのないように給食を食べてください。僕もそうします」

その時間が、失われる。その事実はやはり神野を苦しめるが——改めて今日までのことを思い返し、ほんの少しだけ落ち着きを取り戻していた。

「以上で終わります。ありがとうございました」

ふと、背後の甘利田が動く気配。

「神野、いただきます、だ」

その言葉で、甘利田が神野の後ろ——給食のトレイの前で手を合わせていると気づいた。

自然と神野に笑顔が浮かび、マイクの前で手を合わせる。

「手をあわせてくだーさい」

いつも日直が担当する掛け声を、神野は全校生徒に向けて放った。

——同時に、校舎では合掌(がっしょう)する「パンッ」という音が、大音量で響き渡った。

『いただきます！』

校内放送で、神野の声が再び届けられると——「いただきます」と学校が一体となった声が轟(とどろ)いた。

神野の校内放送での主張から数日後。甘利田は、校長室に呼び出された。

「失礼します」

ノックをして扉を開けると、渡田に「あ、甘利田先生、どうぞこっちに」と手招きされる。甘利田は渡田の隣――教育委員会の鏑木の向かいに腰を下ろした。

甘利田の姿を確認すると、鏑木は無言のまま自分の鞄から紙の束を取り出すと、テーブルにどさっと放る。

その表情は憤慨以外の何ものでもなかった。

「給食廃止の反対嘆願書(たんがんしょ)です。教育委員会には朝から山ほどクレーム電話。怒鳴り上げる輩もいて、先週女性の事務員が二人辞めました。火元はあなたらしいですね」

「いや、火元という表現はどうかと……」

返事をしない甘利田を渡田が庇おうとするが、鏑木は構わず続ける。

「あなたが生徒を煽って、給食支持をアジって親御さんをけしかけたってことでしょう。先日私はなんて言いました？　これは決定事項だから変えられないんだと言いましたよね。ついては穏便(おんびん)に納得してもらうようお願いしますと、わざわざ足を運んで申し入れたわけでしょ。それがなんですかこれ。まるで逆だ。あなた何か恨みでもあるんですか？」

怒りと不満を隠そうともせず、鏑木は甘利田をなじる。それでも甘利田は黙ったままだ。

渡田が「あのー」と言葉を挟もうとするが、鏑木は無視した。

「とにかく、教育委員会は粛々と仕事を進めます。クレーム対応は学校のほうでお願いします。今後我々の方には電話一本かけさせないようにしてください」

そう言って強引に話を打ち切ろうとする鏑木。

「クレーム、ですかね」

そこでついに、甘利田が口を開いた。少しも悪びれない、いつもの無愛想な顔だった。

「皆さんは希望を述べているだけです。クレームではない」

「なんだと」

「甘利田先生」

渡田は、今度は一転攻勢に入りかけている甘利田に対して口を挟もうとするが、これも完全に無視された。

「給食は文化です。文化を大人の事情で取り上げておいて、意に添わない意見は攻撃とみなして迎撃しろとは、どういう発想なんですか？」

鏑木に負けず劣らず怒りを静かに滲ませる甘利田に、鏑木は妙に納得がいったような、それでいて小馬鹿にするように鼻で笑う。

「なるほど、中学生並みの思考回路だ。子供と話が合うわけだな。そうですよ。大人の事情ですよ。大人の事情があってはいけませんか。それで世の中動いているんでしょ。給食が文化だ？　笑わせるな。あんなものは午後の授業のための繋ぎと、子供に規律を染みつけるためのものだよ。教育を甘く見ないでもらいたいね」

常節中学校の教育理念――食育と健康。鏑木という男は、実際に運用されている学校の理念を根本から否定し、嘲笑った。

甘利田が心から愛する給食を、嘲笑ったのである。

「――給食をバカにするあんたに、教育を語る資格はない！」

ここまで感情的に、ハッキリと、甘利田は給食に対する思いを口にしたことはなかった。

それはただの怒りで、悔しさだったかもしれない。

「……なん……だよそれ……」

だがその思いに、鏑木は確かに気圧されていた。

「私は……給食がなくなって、本当に残念に思います」

「……だったら、給食のある学校に転勤ということでいいですね」

「鏑木さん、ちょっとそれは」

「責任あるでしょ、この人。そのくらい当然だよ」

気圧された悔しさの反動か、してやったりとでも言いたそうにどこか晴れやかな鏑木だったが。

「――ちなみに！」

今度は渡田が突然大声を上げ、鏑木は「な」とビクついた。

「私も、給食が好きです」

「……なにそれ、もう……勝手にしてよ……」

最後に一瞬怯えた顔を見せた鏑木に、渡田は仕返しが成功したからか「へへへ」と笑って見せた。

甘利田はそのまま、もう何も言わなかった。


――一か月後。

職員室では、みんなが一か所に集まっていた。甘利田や御園の姿もあるが、その中心にいるのは、教育実習生たちだ。最後に挨拶したのは、佐野だった。

「短い期間でしたが、大変勉強になりました。ここ常節中学は、私の第二の母校になりました。いつか皆さんのような、立派な教師になりたいと思います。ありがとうございました」

そう締めくくると、教師たちから拍手が沸き起こった。

教育実習生たちの挨拶が終わって解散になると、甘利田は廊下に出た。しばらく歩いていると、後ろから近づいてくる足音があった。

「甘利田先生」

声に足を止めて振り返ると、佐野が立っていた。佐野は、深く頭を下げる。

「本当にお世話になりました」

「いえ」

「あの、先生も確か今日で」

「ええ、最後です」

鏑木が申し立てしてきたあの後、改めて甘利田に転勤の辞令が出た。本当に、給食がある学校に転勤になってしまったのだ。

「本当に、お疲れ様でした」

丁寧に労ってくる佐野に、甘利田は素っ気なく会釈だけして立ち去ろうとした。だが佐野はそれを許してくれなかった。

「御園先生とは、その後？」

「その後とは？」

一時期佐野の言っていたことに悩まされていた甘利田だったが、その後の給食廃止や神野の立会演説の騒ぎですっかり忘れていた。

「だってお互い……」

「は？」

「言い合ってましたよね」

「言い合ってた……何を？」

「え、だからあのとき――」

驚いた顔をして、佐野は「あのとき」――教育実習生歓迎会と称した、飲み会の日のことを教えてくれた。

居酒屋で、甘利田は御園と隣同士だった。「毒を食らわば皿まで」と決意しビールを呷った甘利田は、なぜか御園に絡んでいた。

しかも見た感じ、甘利田は普段と何も変わっていない。顔が赤いわけでも、目が変に据わっているというわけでもない。いつも通りの無愛想で、険しい顔つきのままだった。

「大体ですね、昔からハンサムとはアラン・ドロンのことなんですよ。こんな人はハンサムとは言わない」

御園に絡み始めた甘利田との間に入り、こんな人呼ばわりされた佐野は、困ったように笑っている。

「ハンサムイコールアラン・ドロンなんて古いですよ」

そんな甘利田に負けず、御園もハッキリと反論する。少し気が強く見えるのは、おそらく酒が入っているせいだろう。

「じゃあ、どういうのが今のハンサムなんですか」

「たとえば……甘利田先生だってハンサムです」

恥ずかしげもなく言い切る御園。言われた甘利田も照れや恥ずかしさはないようで。

「バカ言っちゃいけない。こんな短いモミアゲの無愛想メガネのどこがハンサムですか」

「モミアゲとか無愛想とかメガネとか関係ないです。先生はハンサムです」

「それを言うなら、御園先生だって、魅力的です」

「先生、酔ってますね」

「魅力的な人だと、最初に会ったときから思ってます」

「それなら私だって、最初から気になってました」

「そうですか」

「そうです」

なぜか最終的に謎の張り合いにまで発展していた。最初は困っていた佐野だったが、だんだん微笑ましい気持ちになって見守っていたのだった。

――と、いうことを佐野の口から説明された甘利田は、話が終わると同時に頭を抱えた。

「なんてことだ……」

「え、全然覚えてないんですか？」

「はい」

「だって、ごく普通でしたよ」

佐野の中では、今目の前にいる甘利田も、居酒屋で御園に好意の告白を口にしていたときも、何も違わなかった。

「……教えてくれてありがとうございます」

礼だけ言って話を打ち切ると、甘利田は佐野を置いて再び廊下を進んでいくのだった。


一年一組では、ホームルームが行われていた。甘利田は自席に座り、御園が教壇に立って取り仕切っている。

「えー、皆さん。本日をもって、甘利田先生が他の中学に転任されることになります」

静かな教室の中、御園はゆっくり話していく。その声は、少し震えていた。

「皆さん、甘利田先生との思い出はいっぱいあると思います。私も……まだ日は浅いですが……とてもたくさんのことを、甘利田先生から学びました」

最初は震えを抑えて喋っていた御園だったが、ついに声の震えが抑えられなくなり、目にうっすらたまっていた涙がこぼれてしまう。

「あの……」

涙で声が詰まると、「先生泣いてるー」と男子生徒たちが囃し立ててくる。

「泣いてません。変なこと言わないで」

否定しても、今度はまた別の生徒が「鼻水出てるよ」と声を上げ、教室が一気に笑いに包まれた。

いつもは無愛想な顔で見守っていた甘利田も——このときは、笑っていた。

「本当に、あの、先生……ありがとうございました」

御園が甘利田に向けてそういうと、神野が拍手した。次第に教室いっぱいに広がった拍手には、御園も加わっている。

そんな教室を見渡しながら立ち上がると、甘利田は生徒たちに向けて頭を下げた。

基本的にいつも静かで、人が少ない場所——図書室。御園は本を数冊抱えて、閲覧コーナーを通り過ぎようとした。

そこに、普段見ることのない姿——甘利田を見つけた。図書室なので当たり前ではあるが、何か読んでいたらしい。

「あれ、珍しい」

「ああ、どうも」

意外そうな顔で声をかけた御園は、抱えていた本を近くの机に置いた。

「最初で最後ですね、ここで会うの」

「ちょっと読んでみようかと思いまして」

そう言って、甘利田は本の表紙を見せるように立てた。タイトルには「潮騒」、作者には「三島由紀夫」の文字がある。

「あ、三島」

「先生が出題したシーンというのは、ここですか。ヒロインの初枝が、主人公に『その火を飛び越して来い』っていう」

「そこです。そこの、ヒロインの気持ち」

「これは難問だ」

パッと見た感じは、いつもの無愛想な甘利田のように思える。だがどこか、おどけているようにも御園には見えた。

「先生なら、なんて答えますか？」

「火を飛び越えるのには、勇気が要ります。それを試したかったんでしょうね」

「なるほど」

「だって、そんなに簡単に飛び越えられるもんじゃない。私の、食わず嫌いと同じです」

その言葉に、御園は小さく笑った。飲み会の前、「食わなくてもわかる」を「知ったかぶりだ」と断じた御園とのやり取り。今思えば、あのやり取りがあったから、甘利田は飲み会に出る気になったのかもしれない。

すると、チャイムが鳴った。

「お、給食だ」

甘利田は一瞬、素直に嬉しそうな声を上げた。だがすぐに、思い至る。

「あ、今日は違いましたね」

「弁当の日です」

甘利田は「そうか」と答えると、本を持って立ち上がる。

今日で、甘利田は常節中学校を去る。そうなると、会うことはもうないかもしれない。

そんな予感が、御園の口を開かせた。

「あの、先生」

「はい」

「私、ずっと先生を応援しててもいいですか」

御園の言葉に、甘利田は不思議そうに返す。

「だって、明日からいませんよ」

「心で。ずっと」

まっすぐ甘利田を見て、御園は力強く告げた。

「それで私……少し、勇気が持てます」

御園の言葉と視線をまっすぐ受け止めた甘利田は、小さく笑った。

「どうぞ、そうしてください」

「ありがとうございます」

その笑顔につられるように、御園も嬉しそうに笑いかけていた。


給食――ではなく弁当、昼食の時間。教室では、それぞれ弁当を広げて食べていた。

だが神野は、校庭の大木の木陰にあるベンチに一人座り、何かを待っている。

しばらくすると、人影が歩み寄ってくるのが見えた。その手にカップラーメンの容器を二つ持った――甘利田だった。

神野の隣までやってくるとそのまま座り、カップラーメンの一つを神野に差し出した。

「あと二分」

「いいんですか、ご馳走(ちそう)になって」

受け取りながらそう言う神野に、甘利田は笑った。

「カップラーメンくらいで遠慮するな」

二人してカップラーメンを大事そうに持ちながら、あと二分を待ちつつ校庭を見つめる。

「先生、新しい学校は給食あるんですか」

「あるらしいんだ、これが」

「へえ、羨ましいな」

「悪いな、俺ばっかり」

穏やかな空気の中、少し冷たさを含んだ風——秋風が二人の間を通り抜けていく。

甘利田と神野が、互いの給食好き魂をかけた戦いを始めた夏。そこから季節は、秋に移り変わっていた。

「そろそろ行けるぞ」

フタを開け、割り箸（わりばし）を割る。特に合わせてもいないのに、同時に麺を啜る音が響いた。

茶色のスープに、乾燥ねぎ、申し訳程度の小さなチャーシュー。給食のものに比べると塩分が強い。だが麺はモチモチして食感が楽しく、塩辛い醤油スープと絡むと食べやすい。

「先生」

「何だ」

「カップラーメンって、おいしいんですね」

「そうだな」

「こんなに便利なものがあると、僕はやることがなくなります」

真面目にそんなことを言う神野に、思わず甘利田は噴き出した。それを見て笑う神野。

「ここに、生卵落としたらいけるんじゃないか」

「いいですね。あとバター溶かしたり」

「ああ、うまそうだ」

思い思いの「おいしそうな食べ方」に、甘利田と神野は楽しそうに笑って頷いた。そして再びラーメンに戻る。

ずずず、とラーメンを啜る二つの音が、二人以外誰もいない校庭に響き渡る。それが特別おいしそうに聞こえるのは、食べている彼らがとても幸福で、満たされているように見えるから。

給食ではなくなっても、誰かと楽しく食べる食事は――最高においしい。

あとがき

この度は、「おいしい給食」原作本をお手に取っていただき、ありがとうございます。ドラマや映画を見て興味を持ってくださった方、映画の内容を事前に知りたいと思った方、もしくは映像作品を知らずにたまたま手に取った方もいるかもしれませんね。

ドラマと映画、共に最高に面白かったです。役者さんたちの生き生きとした演技や、それを盛り上げる音楽や演出は、映像でしかできない楽しさがありました。初めて見たとき、もうひたすら「ずるい面白い」と思っていたことを今でも覚えています。

文字のお仕事をしていると、映像には敵わないなぁと思うことも多いです。それでもやっぱり、文字でしか表せないこと、伝えられないこともあると思っています。

神野くんは、なぜ甘利田先生に給食バトルを挑んできたのか。なぜそんなことをしようと思ったのか。その人本人ですら自覚していない何かを、文字では表すことができます。

映像だけだとわからない、登場人物たちの「想い」の部分を、少しでもお伝えできていたらとても嬉しいです。

紙吹みつ葉

本作品は書き下ろしです。

またこの物語はフィクションです。実在する人物、団体等とは一切関係ありません。

協力　アミューズメントメディア総合学院　ＡＭＧ出版

中公文庫

おいしい給食（きゅうしょく）

2020年1月25日　初版発行
2024年4月25日　3刷発行

著　者　紙吹（かみぶき）みつ葉（ば）

発行者　安部順一

発行所　中央公論新社
〒100-8152　東京都千代田区大手町1-7-1
電話　販売 03-5299-1730　編集 03-5299-1890
URL https://www.chuko.co.jp/

DTP　ハンズ・ミケ
印　刷　三晃印刷
製　本　小泉製本

Published by CHUOKORON-SHINSHA, INC.
Printed in Japan　ISBN978-4-12-206819-3 C1193

中公文庫既刊より

各書目の下段の数字はＩＳＢＮコードです。978－4－12が省略してあります。

か-90-2
おいしい給食　餃子とわかめと好敵手
紙吹みつ葉
新たな中学で給食を全力で楽しんでいた教師・甘利田の前に、ひとりの転校生が現れる。それは因縁の相手で？　市原隼人主演の人気ドラマｓｅａｓｏｎ２原作本！
207149-0

か-90-3
おいしい給食　卒業
紙吹みつ葉
学校給食に全てをかける数学教師・甘利田幸男と、献立に異次元アレンジを加える生徒・神野ゴウ。二人の長き戦いが、遂に完結?!　劇場版第二弾原作本！
207270-1

か-90-4
おいしい給食　チリコンカンと北の友達
紙吹みつ葉
給食マニアの教師・甘利田が函館の中学校に異動して一年。甘利田の前に新たな給食道を歩むライバルが現れた⁉　北の地での新たなバトルが幕を開ける！
207428-6

い-129-1
ひぐまのキッチン
石井睦美
「ひぐま」こと樋口まりあは、粉や砂糖などを扱う食品商社「コメヘン」に入社したばかりの二十三歳。秘書課新人として、心をこめてお好み焼きつくります⁉
206633-5

い-129-4
もちじゅわ中華まんの奇跡　ひぐまのキッチン
石井睦美
食の専門商社「コメヘン」に入社して二年目の冬。キマジメ秘書の樋口まりあは、来客に出す手料理に少々自信がつき、ついには恋の予感も⁉　文庫書き下ろし。
206984-8

や-64-1
出張料亭おりおり堂　ふっくらアラ煮と婚活ゾンビ
安田依央
天才料理人の助手になって、仕事も結婚も一挙両得？　恋愛下手のアラサー女子と、料理ひとすじのイケメン、もどかしすぎる二人三脚のゆくえやいかに。シリーズ第一弾。
206473-7

や-64-7
出張料亭おりおり堂　こっくり冬瓜と長い悪夢
安田依央
料理の依頼で老舗旅館に赴いた仁と山田。だが周囲で「こりこり堂」という仁の偽者が出現！　更に仁の様子もいつもと違い……。シリーズ第七弾！
207116-2